沙发图书馆·人间世

雨中百合般的爱情

苏七七 著

北京大学出版社

图书在版编目（CIP）数据

雨中百合般的爱情／苏七七著．—北京：北京大学出版社，2014.8
（沙发图书馆·人间世）
ISBN 978-7-301-24387-9

Ⅰ.①雨… Ⅱ.①苏… Ⅲ.①随笔－作品集－中国－当代 Ⅳ.①I267.1

中国版本图书馆 CIP 数据核字 (2014) 第 129915 号

书　　名：	雨中百合般的爱情
著作责任者：	苏七七 著
责 任 编 辑：	张文礼
标 准 书 号：	ISBN 978-7-301-24387-9/I·2790
出 版 发 行：	北京大学出版社
地　　址：	北京市海淀区成府路 205 号　100871
网　　址：	http://www.pup.cn　新浪官方微博：@北京大学出版社
电 子 信 箱：	pkuwsz@126.com
电　　话：	邮购部 62752015　发行部 62750672
	编辑部 62767315　出版部 62754962
印 刷 者：	北京大学印刷厂
经 销 者：	新华书店
	890 毫米×1240 毫米　32 开本　7.75 印张　157 千字
	2014 年 8 月第 1 版　2014 年 8 月第 1 次印刷
定　　价：	32.00 元

未经许可，不得以任何方式复制或抄袭本书之部分或全部内容。
版权所有，侵权必究
举报电话：010-62752024　电子信箱：fd@pup.pku.edu.cn

目　次

1　　代序：关于七七

第一辑　爱

9　　雨中百合般的爱情

15　　冬天的爱

21　　高山流水觅知音

27　　泛着微光的细雪

33　　童年阴影与亲密关系

39　　自我的边界

44　　相见争如不见

第二辑　远处

51　　静谧的完整性

57　迷失的人与迷失的人群

63　暴力的作用与非暴力的意义

69　历史的过客

73　读写时代的余晖

第三辑　我们

81　阿涅斯·瓦尔达的镜与窗

88　路易丝与德尔芬

94　唯一的真正的忠诚

100　坚持日常生活

105　重口味治愈系

110　天鹅的欲望

116　凯特·布兰切特之美

121　忧郁的行星

第四辑　他们

129　哪一个伤口是致命的

134　逝去，与失而复得

140　边界之内的小意义

第五辑　惊惧

149　纯洁与罪孽

155　诺兰的莫比乌斯环

161　温暖的恐怖片

166　现代空间中的惊悚片

171　为谋杀犯辩护

第六辑　近处

179　失落的欢宴

185　新酒溢出了旧瓶

193　童年与故乡

199　故事与立场

第七辑　落点

207　自我的观察者

217　夏日，与炎炎的青春

223　婚姻场景的可能结局

229　乐团中的大提琴手

235　微笑的光

240　后　记

代序：关于七七

在许多年前我第一次见到七七，在北京的一次朋友聚会上。那天她穿着一件白色的连衣裙，纤细身材，黑框眼镜，长发及腰。记得其中一个朋友说晚饭过后，和她走在路上，她的裙子蓬蓬的，看起来像黑夜里开了朵百合花。

所以翻开她新书的第一篇"雨中百合般的爱情"，我忍不住想起这个形容。七七嘱我为她的新书写序，让我不免回顾起我们认识这些年来她走过的路，从做博士论文的女学生，到人妻、人母，再开了一家很文艺的叫"阅读者"的咖啡馆。作为见证着她生活里一点一滴的变化的闺中密友，说点平常绝不会说的肉麻话吧：百合花这个形容不论对七七还是七七的文字来说很合适，有美而轻灵的外在，以及坚韧的根茎。

不过，"雨中百合般的爱情"这个书名有点太唯美。我觉得，即使不熟悉七七的读者，读起她文字的任何一段都能轻易感受到她细腻敏感和灵动的气息，和她本人给人第一感并无二致——她那么瘦（体重常年在八十斤左右徘徊！），永远纤细，永远长发，穿宽松裙子的时候真的让人担心一阵风就要把她吹走了，这算是唯美部分好了。可她柔弱的外表是有欺骗性的！再多读一点，就会发现她文字背后有强大的精神力量和思辨能力支撑，不致因唯美而堕入彻底的虚无，这也和七七本人很像。我常常意识到七七对生活清晰与务实的判断对我的影响——许多事情，经她三言两语，就变得透彻明了。她的意见常让我觉得安心。她长于分析，见事明白，所以特别适合写评论性文章。一部电影，经她的笔细细剖析，人物关系、导演的意图、整个电影的长处与局限，一下子就昭然若揭了。这需要对电影、对生活都有细微的体察，又得有特别透彻的人生观吧。

在对生活的明晰认识之上，七七还有很强的行动力。文艺女青年的"通病"是想得太多，需要很大的自我空间，要么很难进入婚姻，要么进入婚姻后很容易被生活的琐细和平庸磨损，觉得困顿窒息。可七七对生活的看法从不高蹈，在这本书里那篇"迷失的人与迷失的人群"中，她说："清晰的自我认识，做力所能及的工作，与家人好好地沟通，对社会有一个整体的理解——这才是普通人生活的希望所在吧。"这完全是她自己啊。她的决断明快和行动力有时候会吓我一大跳：和阿波认识后闪婚（现在沫沫都八岁了）；今天说喜欢良渚，过几个月他们就在良渚安家了；看到万科小区刊物上的招商广告就直接打电话去，三下两下搞定租商铺开咖啡馆的事。

她有时在豆瓣上发些小随笔，非常轻快愉悦地，说他们的家，说沫沫在学校里的淘气事，说阿波在跟杨朱学古琴，说她和茗禅那个可爱的小小咖啡馆。她能敏锐地感受和捕捉到生活里特别细微的美、周遭人的好，文字有诗意、有温暖慧黠的质地，让人读来会心微笑。她对生活通常持有一种特别松弛的态度，文章里也是。读过那些随笔的人大概都会觉得她和阿波简直是神仙眷侣，过着理想生活，做着自己喜欢做的事，有一个聪明的小孩，一大群意气相投的朋友。

这些都是真的，可是月亮依旧有它的暗面。生活里那些咬啮性的烦恼对于她来说已经不难应付，而真正难的在于对自我的疑虑和偶尔来袭的虚无，这对创作型的人来说几乎是不可避免的。有几次我在深夜接到她的电话，和她聊聊天，感觉到她的焦虑，去年夏天她还来上海和我住了一个周末——这是逃逸日常轨道的小小叛逆——但她总会很快整理好自己再回到日常生活里去。书里"忧郁的行星"那篇，她有一大段特别细腻的对自己偶尔涌起的抑郁症状的描写，也有清醒的判断："忧郁症是一种难以启齿的病症，它是在生存问题解决之后产生的，伴随着自我中心与完美主义，伴随着意义感与行动力的丧失"，可是，她也明白什么是解药："得用什么东西把自己填充起来，明天我得把那些细微的事情解决掉一些，要瓦解掉巨浪般的，想把自己卷挟而去的忧郁，只能是把一个个小浪花拧碎，把它们变成泡沫，于是巨浪也从细部瓦解，因为我有对抗的能力与行动，它就不那么可怕。创作是一种很大的行动力……"

　　这本新书是创作，是行动力的体现。它是本书信体的影评，是她历年的专栏合集。"影评"这个词真能准确反映七七这些文章的特质吗？我相信它们不同于任何传统意义上的电影评论文字。七七是电影评论科班出身，她的专业素养、她对电影理论和电影技术的理解都体现在她的文章里，这大概能满足一批为了更好地理解这些电影而阅读的读者。而在不间断地读这些文章时，我再次强烈感觉到七七是一个多么有灵气与才华的写作者（有时作为太近的朋友反而会忽略了这一点）。这些文章始于电影，又不止于电影。电影是种介质，穿过它们，七七用一种特别优美的方式传递她对人生的思考，她的整个世界观、气质和个性都倒映其中。

　　所以，尽管这部书里讨论的电影大多都非常艺术和冷门（商业电影她也看，但一向不太是她的茶。七七说她还在当老师时，有次上课同学们聊起《第一滴血》，她只好老老实实承认自己从来没看过），大部分我也没看过，可是读来全无隔阂。在电影里她真正关注的点，是她自己在生活里也一向很关切的：女性的自我认识、两性关系、家庭关系、终极之爱……她以伯格曼作为整本书的"落点"，因为她通过在伯格曼那里汲取的思想资源来形成一个真实的自我：矛盾、诚恳、温暖、宽容、永远的自我叩问、在日常生活中寻找落足点、行动中探求人生的终极意义。

我记得好几年前有一次，七七、阿波、意达和我，我们在七七和阿波的小书房里聊天到深夜。那时大家说起生活的理想是什么。他们都是创作者，阿波希望能写出更好的诗，意达希望画出更好的画，七七希望自己在写作上能有新的境界。如今七七第三本书（不算合集）的出版，也是她在通向她自己理想境界上所付出的一种努力吧。

对了，这本书里所有的文章都是写给TT的信，我悄悄告诉你，TT是虚构出来的。TT可能是你，也可能是我。读这本书，请代入你自己，你会觉得亲爱的七七拉着你的手，透过电影的光与影，带你走一段，用余华的话说，温暖而百感交集的旅程。

陈小克

第一辑

爱

雨中百合般的爱情

TT：

　　春寒料峭啊，去年冬天一直没有下雪，过了立春，有一天下雨，下着下着，慢慢变成了雪，漉漉絮絮的，飘了一阵，又渐渐停了。如果在家久坐的话，没有一个油汀会很冷。喧闹的寒假过去之后，要渐渐地才能心静下来看片子或写点东西。有一天看了一个特别安静的片子，叫做《其后》，夏目漱石原著，森田芳光在1985年把它拍成了电影。

　　电影的故事背景在明治时代，主人公叫长井代助，是个富家子弟。父亲显然是经济转型期的得益者，而家庭还是旧式的，父亲属守着传统家长的权威，长兄继承了父业，父兄在经济上荫庇着代助，他帝大文学部毕业，不做什么工作，过着读书闲居的悠游生活。从普通的角度看，代助与社会、与家庭的关系并不尖锐，他给自己选择了一个边缘位置，但并非愤世嫉俗，与家人的关系甚至谈得上亲密，父亲希望他娶一个有恩于长井家的佐助家的小姐，然而代助一再逃避。和他聊天的嫂子问他:"你的意中人是谁呢?""有一个这样的女人吗?"

有的。片子的开头,就是朋友平冈的一封来信,接着这封信的特写镜头,是一个在晚近的电影中不太经常出现的淡入淡出的镜头:一个娴静温柔的美丽女子的面容特写。(之所以用"晚近"这么个含糊不清的词,是因为淡入淡出这种剪辑技法,是初期的黑白电影中常会看到的,用在追忆式的插叙里,但这种技法的痕迹过于明显,在观众已经习惯电影的剪接叙事后,就不大常用了。《其后》片头郑而重之地用上一个淡入淡出的镜头,对女主人公三千代进行一个展示,却是一种端庄典雅的用法,既合适这个片子的时代背景,也吻合电影整体的情调。)这个女子叫三千代,在大学时,长井、平冈、管沼是好朋友,三千代是管沼的妹妹,长井与平冈都喜欢上了如同一朵初放的小花般的三千代,长井退出了竞争,三千代嫁给了平冈,迁居大阪。

这就是小说与电影的名字叫《其后》的原因。事情像是已经结束了。但因为平冈的事业与经济危机,必须到东京来另谋生路,又出现这些"后来的事"。三年时间,三千代经历的是孩子流产,家庭负债,自己生病,还有丈夫的暴躁脾气……"有这样一个女人吗?"接着这句问话的下一个镜头,是一个小旅馆的外景,代助走上楼梯去拜访朋友,听到丈夫呵斥妻子的声音。——TT,这是一个非常难的爱情故事,因为它是从生活最不堪的那一面开始的,从她要来向他借钱开始。

而在他的回忆里,是雨,桥,桥畔的樱花。她从桥上走下,他从桥边的石阶迎上。他撑着一把伞,把她接进自己的伞下,而她抱着一捧百合花。两人隔得那么近。他低头去闻花,而她看着他低着的头。在一串轻盈的乐声中,这段回忆拍得美极了,像是能感受到雨水的清湿,百合花的芬芳,两个人间深深的,温柔的,又随着呼吸心跳在跃动的情意。这种无言中的两心相知,是世界最美好的事情吧。——然而在这样的两心相知里,两心相知后,代助却什么也没有说,什么也没有做,而是把三千代让了出去。这确实是不可理解也不可原谅的。

对于代助来说,逃避是一个习惯动作?就像他逃避家庭,逃避工作一样,他也逃避爱情?缺乏行动力是知识分子的通病,但对代助来说,问题要更复杂一些,他在自己的逃避上又为自己加了一个道德理由:成全自己的朋友,于是"高尚"地完成自己的逃避。事实上,他的边缘生活状态里也带着洁身自好的高尚感,这可能在与父兄的关系里还带了平衡:在仰赖他人与俯视他人中达成一种平衡。在代助的貌似潇洒的生活表象下,低行动与高道德是相辅相成的,但是三千代的到来打破了这种平衡,让他不能不直面自我,不再用道德来矫饰,而是用行动来救赎。

他发现了自己依然爱着三千代。三千代恰与他相反,他的潇洒下面是逃避,她的柔弱下面却是坚强。三千代依然美,她少女的娇嫩与天真被生活给磨损了,带上了痛苦与逆来顺受的痕迹,然而她却还保持着她的明亮的纯洁气息，——她还是一枝百合，在雨水的气息里开放。

TT，看这个电影时，有些场景拍得非常美，其实场景很简单，调度也很简单，但是有一种简朴而从容的美，又像青橄榄一样让人回甘。比如三千代来找代助借钱，两个人一开始没有对话，她坐下，他也坐下。她站起来，他也站起来。她显然是局促的，而他也有内在的紧张。镜头很慢地推进，从全景，到中景，因为同时有人物的动作，所以并不感觉镜头推得突兀。她在说借钱的事情，没法面对着他说，而只能面对着镜头的方向说，他就那么默默地像是跟在她背后。镜头推到她的面部特写，看她那么柔美的眼睛里满盛着哀痛，但却并没有什么屈辱与怨恨，像是她已经决定承受她的所有命运。这个镜头的美，让人能够明了深处的爱——而她说借钱的对白时，又响起了雨中百合的那段音乐，这轻轻的音乐就像是有人在同情她，扶着她一样。也许是导演森田吧。

她第二次来找他是来道谢的，特意梳了一个银杏髻，婚前与哥哥、哥哥的朋友们一起游玩时的发型，雨中百合那一幕的发型。于是那个少女像是又回来了，这一幕用了很多透明的玻璃道具：水杯、水瓶、插花的玻璃皿。她从景深处气喘吁吁跑向前景，带着两枝百合，拿起水杯要喝水，代助把这水喝过了，把水倒了，让她等等。她却等不住，从插花的水里舀了一杯喝。这一幕拍得真是玲珑剔透。样样东西，那些透明的、纯净的、美好的东西，围绕着她的，都是用来衬托她的美。他们站在音乐盒边听，又隔得那样近，呼吸与闻，双目对视的时候，知道这四年来什么都没有变过。她走到小桌边，拿起花问："为什么呢？""你不讨厌百合花吗？""我很远绕道过来，差点下雨，跑得喘不过气来。"她要把花掷下，代助抢一步紧接住花，把插着的花扔了，把百合放进玻璃皿里。——整个电影只有这一小段，对话，动作，像是两个恋人，有一丁点儿负气的，拌嘴的，赔不是的意思在里头。就像是冰山的很小很小的一个角，让人知道底下有多重多深，而这一个角美得空灵，像是最干净的玻璃里最干净的水。在雨天的光里，他们并肩坐着，看着纸窗外的雨，等雨停，或者不是，这个镜头把这个段落安静而完整地收住了。

TT，年青的时候失去一个人，也许并不明白自己失去的是什么，而当这个人回来了却又回不来时，才明白自己的过错。在《其后》里，爱情带来的是自省，代助正视自己优游的生活其实多么无力，没有一个经济与精神上同样独立的自我，谈不上对爱情的承担。但他终于走出了一步又一步：他向三千代说出了自己的爱，并也告诉了平冈他与三千代之间的感情，他拒绝了家里要求的婚事，家里不再荫庇爱上一个"有夫之妇"的他，他离开了家——电影的最后是代助一个人走着的背影。茫茫雾中一个人的背影，在电影中出现了好几次，这一次也并不知道三千代的病能不能好，他们能不能真正走到一起，电影并没有结局。

美好的结局是很渺茫的,但可能有。这就是《其后》的意义吧。从认识自我到付诸行动,是很容易总结的知识分子的自我成长,语言总是容易的。但要语言极其美,却也并不容易,并且让人动容动心,《其后》的电影语言之美,才是它真正的意义吧?

写到这里。

七七,
一月。

冬天的爱

TT：

有些电影看过之后，会还想着它。某个场景，某个表情，一个念头忽然就转到它那里去了。这个冬天我看了好几个电影，迈克尔·哈内克的《爱》是最让我念念不忘的。

安娜和乔治是一对音乐家老夫妇，妻子安娜先是中风，半身瘫痪，渐渐神志不清，失去语言，丈夫乔治爱她，陪伴她，照料她，最后，用枕头闷死了她。开煤气自杀了。——这样子的陈述真是痛苦悲惨，触目惊心。然而这个电影却在看的过程中并不让人觉得多么地痛苦，相反，一种温柔真挚的东西是能与痛苦与死亡相对峙的。"爱"很少能被表达得如此清晰，像是冬天的一棵树，叶子落尽了，枝丫指向蓝天，以一种几何般毫无瑕疵的方式呈现它的美。在它那样的清晰里，没有任何的做作与僵硬，因为每一根枝丫都是在岁月里慢慢生长出来的。

看过整个电影后，我又去看电影的开头。两人一起去听音乐会，散场，交谈，坐地铁回家，回家时发现门锁被动过了，年老的安娜还是流露出天真的神气，怎么会有这种事儿呢，乔治表现出男人对社会的了解，有人想进来偷东西啊，谁家已经被偷过了。然后进了屋，乔治体贴地让安娜脱下外套，帮她挂上。安娜还在想着音乐会呢：刚才那些十六分音符弹得真好啊。乔治说，我还想喝一杯，安娜说，我要睡了，乔治还说，我要一杯，安娜说，你自便。乔治没辙，他像个还在追求女孩子的少年一样，守在门口对安娜说：我觉得你今天真美。安娜觉得他真唠叨呀！

TT，真美好不是吗？他们一起生活了几十年了，可他还是那样恋慕她，宠爱她，她的青春早已消逝了，可她依然美，眼神明亮，脾气里有专业养成的严厉，可身上还是有被保护得很好的少女气息。但她有点儿无视自己的美，或者不腻在谈恋爱上头。她说起"十六分音符"时的神情是最美的，那是她的专业，精神的所在。叶芝那种诗说："多少人爱你青春欢畅的时辰，只有一个人爱你朝圣者的灵魂。"在安娜身上，有一种隐约的对肉体和生活的淡然，她对肉体与生活追求的是"有尊严"的方式，精神上的美才是她的着重点。这在后来学生来探病的那一节也有所体现吧。

乔治与安娜的生活是一种接近理想的生活：人作为万物之灵长，如果能在物质上达到这样允裕，思想上达到这样深刻，艺术上达到这样精湛的话，两个人之间是以什么样的方式爱着呢？他们的持久的爱是很古典的,但又有一种现代的结构——就像他们的公寓一样,是一个有宽大门厅的旧式公寓,里面的布局很合乎他们的现代知识分子的需求与趣味。厨房很小,还放着两人一起用餐的小小的桌子,是最紧密的生活空间。起居室非常大,两面墙的书,窗下的钢琴、沙发和桌椅,是他们共享的舒适的公共空间,这个起居室是个可以接待访客的起居室,他们的生活还是保持着很大的开放性。卧室有两间,安娜生病后,有天晚上一定要自己睡,不用乔治陪着她,乔治另有一间很小的卧室,床边上方是一排书,电影里也出现过,可见就在平时,他们相依为命的共同生活里,还是有让各自保留自我的"自己的房间"。

TT,这个空间呈现的是一种自我与爱如何并存,日常生活与精神生活如何流通的方式。爱是极为深重的,然而没有自我,爱也无从附丽。安娜有着一个特别鲜明的自我,这个自我似乎是乔治无论如何爱护也不肯屈服的。她右边身体不能动了,但她还是要一个人待在房间里,用左手拿书,把书支在身上,用一只手翻书,她读进去了,于是,像是进入了一个精神的世界,在这个世界上,她还是完整的,自己一个人就行的。

在安娜那里,爱是不能取代尊严的,尊严又意味着什么呢,意味着可以自己为自己负责。她的美,正在于她不是那种"你爱我,你就得照顾我,负责我"的女人,而是那种绝不愿意放弃自己,她是那种"你爱我,就得让我还是我自己"的女人。

婚姻生活中两个相爱的人,分享并分担着日常生活的每一个层面,共同的兴趣、家务、孩子、好心情与繁难之处,在时间之河顺流而下,累积起深厚的了解与眷恋,似乎真的可以"一直幸福下去的",直到离开这个尘世。但"离开"的方式并不是自我能决定的。就像门锁意外撬开一样,灾难突然来临。命运没有给安娜一个平静的离开方式,它用的是一种特别残忍的方式:剥夺你,剥夺你的肉体,精神,给你痛苦,最后连让你表达痛苦的能力都剥夺。

这种残酷无情的东西是疾病,是时间之河中一个凶险的旋涡。当安娜忽然掉下去时,她希望还能保持自己的尊严,她是只有半边身体能动还要让自己保持平衡与尊严的人。但是疾病让她感到了焦灼,当她不得不坐在轮椅上时,她把轮椅开得飞快,转圈,在狭窄的前厅困兽犹斗。是她自己一开始就拒绝去医院的,她不愿意把自己的肉体与所剩下的时间交给一个机构,虽然这个机构的"专业性"可以让包括子女在内的其他人都感到不那么恐怖。

她想自己承担,她自己的老、病、死。但她的生,她的肉体,意志,情感,精神,都已经越来越不能与病痛对峙、抗衡了。乔治让她喝水,和她说话,他在挽留的,是一个痛苦的灵魂的碎片?这个碎片忽然发怒了,把水吐出来,这是倔强的她的抗议?她不是不想活着,但她已经被剥夺了生的所有乐趣——而死的痛苦过程,是没有人,包括乔治在内,能与她分担的。无论乔治有多么好,但此刻病床上的她，依然是彻底孤独的，她已经落入旋涡了，只有她一个人在旋涡里，真正感受到身体与精神的分崩离析。

TT，我觉得安娜是一个内心坚定的人，因为坚定，她就算在最痛苦的时候，也不愿意乞怜于他人。然而越是一个完整的、自强的人，越是在这种完整性丧失时，感到特别的痛苦吧？而且这种丧失如同深渊，越来越黑暗，意识幽微挣扎，痛楚无边无际。当她还能自己拿一本书看时，她会尝试着去接受这种状态，然而这种状态却只是一个起点，她最终还是被逼到一个认输的位置。她愤懑地吐出乔治喂给她的水。她尚存的一息确实是绝望了。

乔治看着这一切。他没法把她从旋涡里拉出来，他最终将她闷死，是个哈内克电影里常出现的大动作。但就算没有这么个动作，安娜也会以别的方式死去。或者晚一段时间。乔治与病床上的安娜"争吵"起来，然后他吵输了，大概像以往那样：那就由你吧。他让她走了。然后他也跟着她走了。

真希望在终于离开"沉重的肉身"后，真有另外一个世界，乔治和安娜，还能一起去听音乐会啊。

TT，日常生活与深渊只有一线之隔——到底有没有这一线也很难说。落入深渊的痛苦，是自我与他人的最严明的分界线，因为他人是无法真正感受与分担的，不管怎样的亲人，恋人。然而在乔治身上，我依然能看到一种安慰，他的爱是尘世之爱里最好的那一种。

看过电影后我去查了下导演迈克尔·哈内克的年龄，他1942年出生，七十一岁。这个电影把那种隐忍的痛苦与恐惧拍得既平静又鲜明，是哈内克一向的长项，但这个电影不让人绝望，放手是一种解脱。而这个电影里的放手，不是一句廉价的推托，而是安娜与乔治用他们所有的痛与爱换来的。是在这个世界上活过的人，对生命的一种选择。

写到这里。

七七，

二月。

高山流水觅知音

TT：

前些日子我忽然接到一个开会通知，到北京去开一个关于电影的会。我就很激动。人很好玩的，工作的时候我最怕的事情一是开会，二是填表，但辞职之后有会可开，又产生了一种还没有被行业遗忘的安慰感 :) 开完会后有一个饭局——这是一个巨大的饭局，二十好几桌，像婚宴一样。我认识的人很少，偷偷东张西望的时候，觉得有一个光头特别眼熟，但因为是一个光头的后脑勺，就也不能肯定。正想着过会儿绕过去确认一下正面，他就转过身走过来了，呀，真的是郑大圣！

十年前，正好是十年前啊，2002年我刚到北京，常常参加朱日坤的现象工作室组织的观影活动看电影。有一回看到《王勃之死》，觉得真好啊，写了个小影评贴在网上。不久后的一天，在清华附近的盒子咖啡馆的另一个活动里遇到了郑大圣。我们聊了几句天，我说："我叫苏七七。"他想了一下说："我在网上看到一篇影评，作者叫苏七七……"我笑起来说："那就是我啊！"——我们一下子就像认识很久一样地说起话来。这真是一种美好的导演与影迷的关系，纯粹的欣赏，真正的理解，一下子就带来了一种亲密感。

多年来我们保持着一种君子之交淡如水的来往频率，我看他的电影，他有时也看到我写的文章，再上一次见面，居然要推到七年之前了。他在绍兴排了一出越剧《唐婉》，我去看戏，看完戏我们和演员啊乐师啊在路边摊聊天聊到快天亮。戏，电影，生活，好像因为见面的频率很低，就要做到每次聊天的密度很大，质量很高。

然后就说到我们在巨大饭局上的重逢啦。我坐的这一桌有一个他的熟人，他走过来跟那位姑娘重逢拥抱了一下时，我就像在边上排队似的，也等着跟他来一个重逢拥抱:) 他说："七七，是你啊！"每次我们都既很意外，又像在意料之中一样，遇到了。他还是一点也没有变，在电影里，他能让自己认真，沉着，能干，胸有成竹，但在内心里，他有他永远不愿意长大的小男孩的那一面。我在想，他的这一面对他的电影是不是有影响呢？

这次见面后，我回去在m1905电影网上找了大圣的一个新作看，片名叫做《危城》。故事背景是民国，30年代的一个传统大家庭侯家，大少爷能继承家业，三少爷是革命加文艺青年，二少爷却是一个粗暴横蛮的逆子，父亲做主为他娶了一个书香门第的姑娘婉儿，但他已经在花街柳巷有了相好，对婉儿不屑一顾，从不回家。婉儿在侯家的平常日子不过是浇浇花、写写字、课侄读书而已。三少爷萱之常在报纸上发表些新诗，并请婉儿评点，婉儿不愿当面评点，却写了读者来信到报社去，成了他的笔友"兰小姐"。这两个人，一个满怀豪情却少不更事，一个兰心蕙质却孤苦伶仃，他们之间的处境，是白先勇玉卿嫂式的处境，但他们的情谊，却被描写得优美、纯净，很少在华语电影里看到这样的爱情叙事。

——这个电影真是很难写剧情介绍，因为这么写下来，实在不觉得有什么"特别好看"的地方，但这个电影却是很好看的，并且很感动我。为什么呢？因为郑大圣拍出了一个特别美好的人与一种特别美好的感情，而且他拍得非常有说服力和感染力。在一个反封建情节剧的框架里，郑大圣却有一种非常传统的情怀，他拍出古典的美，却有生机与灵气，他拍的是小儿女情怀，却有林下之风、浩然之气在里头。

我很少在当代华语电影里看到导演以诗人为主人公，但郑大圣却拍了两次——一次是《王勃之死》，拍一个古代诗人，一次是《危城》，拍一个写现代诗的诗人，而且他都是从很正面的角度去拍诗人。对一个诗歌在文化版图中日益边缘的时代来说，郑大圣有他自己的价值观与坚持。诗歌是什么呢？在他的电影里，诗歌总是向着美、真挚的情感和自由。婉儿与萱之的爱情是建立在诗的基础上的，她从他的诗里读到自己，而他从她的信里读到对自己的理解。在萱之的同情与支持里，婉儿的自己能更焕发出来，她原来只是显得那么柔美与柔弱，但慢慢地，她在柔美与柔弱之外呈现了更多东西，她其实是那么聪慧的，有学问，有见解；她其实是那么勇敢的，偷偷出门去寄信；她其实是那么可爱淘气的，把萱之哄得团团转；她其实还有心底的侠气，能将一生酬知己。她就像片头里那一株兰花，那么柔弱，那么容易就像要被摧折了，可是略微地有一点阳光雨露的护惜，她就静静地开放了，一室含香。

这是婉儿的美，她的美近于一种美的理想，但在电影里却是有生活气息的，可以着落到生活中去的，她的内心的凄苦、雀跃、欢喜、伤怀，她最后在萱之书房里的徘徊，都是看电影的人可以从内心共鸣的吧。而婉儿与萱之之间的感情，当然是爱，却又不止于男女之爱，他们是什么呢？是知音。高山邈邈，流水杳杳，这份情怀是超乎男女之情的，他们之间的爱情是用这个打底子的，因此，这个爱情戏拍得不俗气，不是打了柔光的"纯爱"戏，不只有你猜我猜或者你侬我侬，它要大气得多，深远得多。

在《危城》里，大宅门并不是一个樊笼，相反它倒成为一处荫庇之地，有长嫂理家，有小侄顽皮，有萱之找她很唠叨地说这说那，说对"兰小姐"的仰慕。婉儿的琴与书，本来就该配这样的地方。然而城危矣——一个是内心的危城，叔嫂之爱；一个是外在的危城，家国之恨。在情节的设置上,恰恰外在的危城化解了内心的危城,萱之得以走出"城",因此从城外来解决这个问题,从而给了电影一个美好的期待的结局。

但这也是我对这个电影表示一点儿不满足的地方,因为这个电影的主题,我觉得完全不在叔嫂之爱或家国之恨,它既不是一个反封建伦理电影,也不是一个爱国主义电影,而《危城》这个题目,却混淆了主题的方向。为了把情节结构搭得结实一点,还费了些很笨重的镜头去拍婚礼场面与国难场面,这个电影的语言,在描写人物之美与情怀之美时,都是既从容又轻盈的,但一到要进入情节关键时,就显得刻意笨重起来。这个情节框架也许是必要的,但它与内在的人物和情怀之间没有形成一个更好一点的平衡关系。

在当代电影导演里,我所喜欢的郑大圣和娄烨——这两个人的风格真是截然不同,他们都是长于拍女性的,郑大圣能拍一种理想的美,但他的好处在于,他从不在电影中让这些女性替男性去担负什么,这种美像是独立的,如露如珠,微光恒照,而且他能从生活细节中拍出这种美,可见他对这种美也并不是得之于想象,而是来自于观察与欣赏,这种理想是连接着生活的理想。而娄烨呢,他能拍真实的女性,在生活中挣扎的,在情感中挣扎的,姿态都那么不好看的,他总是拍做爱中的女性,她们的生活是与肉体的痛感快感纠结在一起的。她们无望地满怀着生命的渴念。

真是奇怪啊。TT，女人是有这两面的，这两面一样地真实。

七七，

十二月。

泛着微光的细雪

TT：

八月中的时候和几个朋友一起到莫干山去避暑，山上凉快，尤其晚上，树影扶疏，虫声连绵，空气里有草木萦盈的香气。住的老房子不能上网，我们点了蚊香，在门廊前的桌子上放了个小DVD播放器看电影，算是个mini露天影院。看的《细雪》。

谷崎润一郎的《细雪》是我最喜欢的日本小说了，写过像《恶魔》这样恶心的小说的谷崎，居然又能把《细雪》写得这样委婉曲折，温柔敦厚，真是让人吃惊。其实谷崎还是不时要流露一把他的恶趣味（或者照文学史的说法，是"唯美主义"？），写写雪子姑娘脸上的褐色斑之类的，但整体而言，写得既流畅又克制，的确是一幅让人流连的风俗画。

关于四姐妹的作品，著名的很多，比如前些日子我们聊过的，伯格曼的《呼喊与细语》，再比如《红楼梦》里的元迎探惜。勉强比较起来，伯格曼写人的心灵，内心深度的黑暗幽微，曹雪芹写人的命运、次第与无常,而《细雪》更着眼在"生活",叙事写景都平实得多。这本书直接的影响实际上来自于《源氏物语》——当时谷崎润一郎还在做这部古典名著的现代日语翻译工作,《细雪》的明净从容,体现了他在文学上的修养与悟性之高。但他没有在这个风格上一直停留下去,沉湎于变态的(这个词不作贬义用,相对于常态而言)官能感受与施虐受虐的快感,才是谷崎一以贯之的创作动力,所以他的晚期代表作,又是《疯癫老人日记》这样的作品。像《恶魔》《疯癫老人日记》乃至于《春琴抄》这样的小说,读起来都是心惊肉跳的,不知道作者又要用什么来刺激读者的感官与道德观,但《细雪》是他的例外,雅俗共赏老少咸宜,它像是一个特别没有野心的作品,但奇怪的是,最终却还是有它的深刻。

我想《细雪》的成就,不在于它突破了感受与思想的哪层藩篱,而是它能让情节与细节自然地生长起来,从而给出了一种"整体"的东西,不是一叶障目或矫揉造作的,而是整体的人、时代与生活气息。"能指"不用费劲地去搜寻它的"所指",而是彼此一体,就像本雅明那个比喻:把手伸进袜子里去掏东西,其实掏出来的是袜子本身。《细雪》讲一个出嫁的故事,它停在生活的表面讲,絮絮叨叨的尽是琐屑的细节,一次相亲的过程要讲上好几十页,然而,正是这种慢条斯理的细节里,有一种末代世家的气韵,能留得住女儿们的脂粉香。

在《细雪》里,四姐妹依次是鹤子、幸子、雪子、妙子。名字稍微像是有一点暗示，长姐保留着关西大族的习气，二姐得遇淑人的美好家庭生活，三妹纯洁宁静的气质，小妹的才华与任性。小说的两条线索，一条是雪子一次又一次的相亲，一条是小妹的几次恋爱，她们两个人，一个像是全然被动，一个是尽量主动。但是雪子的被动里有她执拗的坚持，妙子的主动里有她失败的教训。比起中国近现代之后写新旧更替的小说，《细雪》的长处是显而易见的：它没有一种对新时代新时尚的迫切追赶的心劲，而有一种审美观与价值观的坚定与宽大。在五四时期的小说里，守旧的雪子很容易被写成悲剧，新派的妙子也很容易被写得更革命，但是谷崎能欣赏各种的美，而没有那么多的狭隘的价值判断，鲜艳的与素淡的，能干的与懒散的，独立的与依赖的。他写她们的姐妹情谊，也写这里头的小计较小闲话，他不把一个人写成"完美"的。

　　文字里的外貌描写再落实，读者的心中也还是各有各的想象。"再说衣裳、饰物和人品，最富日本趣味的是雪子，最有西洋趣味的是妙子，幸子则不偏不倚，适得其中。妙子的脸圆圆的，五官端正，肌肉丰满结实；雪子恰好和她相反，长长的鹅蛋脸，身材苗条；把两个妹妹的长处集中在一身的是幸子。穿着方面，妙子一般多着西装，雪子总穿和服，幸子夏天穿西装，其他季节穿和服。说到三姐妹的相似之处，幸子和妙子都像她们的父亲，常常是容光焕发，唯独雪子不一样，看去总是愁容满面、不胜凄楚的样子，可说来也奇怪，她的衣裳倒是贵族人家侍女穿的那种织有花鸟草木图案的绉绸衣服最为合适，东京式的素净条纹料子完全不相称。"看了这段描写的读者，一般来说总对电影《细雪》中幸子的人选不是那么满意吧。

电影《细雪》是市川昆导演的，作为东宝映画六十周年纪念，1983年出品。雪子由吉永小百合出演，的确是最为清丽的，鹤子由岸惠子出演，甚至胜过于书中的描写，岸惠子的眼睛多么厉害，她的风情压倒了所有比她年青得多的妹妹们，妙子由古手川佑子出演，也很得当，但是演幸子的佐久间良子让人觉得不够美貌，想想书里的描写：相亲时媒人总要求幸子不化妆甚至不出场，因为担心对方因此忽略了妹妹——幸子有一种健康光艳的美，更符合大众的审美观，而雪子的弱不禁风的美，最后只能找一个贵族的后代来欣赏。电影里的幸子外貌太平常了，因此扑粉的那场戏也显得不够出彩。

名著改编本来是很困难的事，要在两个小时的戏里能呈现出一本风俗小说的逶迤曲折的韵致，在节奏上很难做到。因为电影中拍不了那么多的小情节——只能挑重要的情节来拍，于是呼吸就总显得滞重，不那么生动。比如侯孝贤拍《海上花》，他也尽其所能地还原场景服饰言语笑貌了，但总也做不到原著一个小情节连一个小情节那样接踵而来的灵巧，对机位的执着尤其让电影显得沉闷。市川昆没有侯孝贤那么个人的风格追求，他把着眼点放在原著中最令人感兴趣的地方，让风景与和服占了与人物同样重要的地位，更强调了作品的"日本味"。雪子在他的电影里变得更单薄了，在小说里，谷崎很怀着对她的爱赏写了她在内向安静之外的可爱坚韧（比如开头写她用脚去拨兔子耳朵），这些在电影里很难展开，电影反倒是花了大篇幅描写二姐夫贞之助对她的暧昧情感。

这个处理让人有些不解，因为这部分情节是增加上去的，原著里没有贞之助与雪子之间的越界关系。当然增加这部分情节也可以找得到渊源，谷崎润一郎的小说与他的生活关系很密切，他在第一次婚姻中，与小姨子确实有暧昧关系，并且这个小姨子被认为是小说《痴人之爱》中奥娜密的原型（与雪子完全不同，是一个很西化的女郎，《痴人之爱》是个写情欲写得很好的小说）；而他第三次婚姻娶的松子夫人，也确实有几个姿容出众的姐妹，但《细雪》中的幸子是以松子为原型的，二人琴瑟相谐，小说中还有和诗的甜美情节。市川昆的这个改编，是为了增加电影的戏剧性？或者在雪子出嫁后，让贞之助的借酒浇愁里，更能使电影有一种让人怀旧的惆怅感？

应当说，贞之助、雪子与幸子之间的三角关系，增加了电影的空间紧张感，这个在小说中是不存在的，在小说里，有一种雪子迟迟未嫁带来的时间上的紧张感，但这种紧张感也很微弱，并且在雪子自己的"不在意"中，也被有意地弱化了。而且小说的结尾也结得非常"细节"，雪子终于要出嫁了，而且嫁的是各方都满意的人，但幸子动不动就沉浸在感慨之中，雪子则更加消沉。结局并不是一个热闹的婚礼（在电影里也没有婚礼，只是让鹤子晾了晾那些多年前就为雪子的婚事准备好的美轮美奂的和服），而是讲雪子拉肚子了，吃了药也不大见效。这本这么典雅优美的小说，最后一句居然是："那天雪子拉肚子始终没有好，坐上火车还在拉。"读第一遍的时候读到这个结尾，觉得是再自然不过地结了尾；而读第二遍这个小说时，就觉得好笑起来，谷崎总是有出人意料之处，这个结尾，结得多么"现代"，正像是张爱玲赞叹的韩邦庆《海上花列传》的结尾一样。

而这个，是电影多么难以表现的！市川昆很难用视听语言来表现这样的结构，电影的结构在倒叙的部分也显得非常支绌了，而在结尾这样的地方尤其不能体现出一种"现代性"，而只能是一个中规中矩的结尾。不过话说回来，这个电影也绝不能说不好，它还是拍得很鲜妍宁静的，只是不那么有才华就是了。TT，那天我们看了一半，小播放器就没电了，雪子好像才相了三次亲，我们也就很"行于所当行，止于不可不止"地不看了，讨论了一会儿姐妹们的性情与结局，这个电影是隔了许多天我补着看完的。后来有一幕我很喜欢，是幸子到妙子离家后逼仄的住所去探访她，屋内昏暗而安静，似有茶炊的轻响，屋外是一条河，泛着波光。

七七，

八月。

童年阴影与亲密关系

TT：

忽然回想起前年有一回去上海，朋友们在一个带小院子的咖啡馆里聚会，当时丁丁也在，大家不知怎么地就说起了童年阴影的话题，于是在场的分为两派，一派是有童年阴影的，一派是没童年阴影的。丁丁是前一派的主力，她当时刚婚了，微微胖了一点儿，非常朴素地穿了件棉布罩衫（想当年她是能穿一件金色的裤子在街上闲走的呀！），没变的是烟瘾还是极大，一根接一根地抽中南海，连我这样渐渐没了烟瘾的，也被她的样子和话引得抽了一根。真奇怪啊，我当时就想，阴影这种东西有时候会给人留下光亮——她说话时停下来的纠结，微微侧着头的犹疑，和一双有时候向内的，思索的，有时候望向人的，探询的眼睛，都特别地动人。阴影会在某些有灵气的人身上留下印痕，这些印痕竟然不失优美。阴影终归是痛苦的，痛苦却又滋养了心灵。

其实丁丁或我这种自称阴影派的阴影，也算不上什么了不起的大阴影，无非是父母过于强势或者有所偏宠，因此成长后总有些安全感匮乏，对于"爱"到底"应当"是怎么样的，没有一种自然而然的领会与接受，而要用自己的成长去尝试去理解吧。TT，我也跟你唠叨过爱到底是有条件的还是无条件的这种无解的问题，其实最后也未必能找到一个必然的答案，而是慢慢地，这个问题变得不那么重要了，被抛在一边了。当一个问题不再能困扰人时，说明某个困惑的阶段已经被事实或时间解决了。

说了这么多，是因为我最近刚好重看了一个希区柯克的老片子，叫《艳贼记》，于是又把关于童年阴影的问题翻出来重新想想。其实用童年阴影来做情节的最终诠释是一种很取巧的手段，尤其是希区柯克把阴影与一些细节严格地对照起来，这在今天看来显得很教条：玛尼因为童年阴影而对红色、对暴风雨、对性都有严重的恐惧感，这些都来自于童年的一段暴力场景。但是对希区柯克来说，要在细节的层面，拍出恐惧的存在一点都不构成困难（他能让观众比电影中的人更恐惧），而要在情节的层面，找出恐惧的原因倒是更麻烦。于是他一头栽进弗洛伊德的怀抱，从《爱德华大夫》到《精神病患者》，无不在剧终时来一堂弗洛伊德的童年阴影解读课，为一个推理电影在心理上找到最终的收束。但对于《艳贼记》来说，这种设置在开头是不失自然的，《艳贼记》里有一个希区柯克的电影里常出现的乖戾的老妇人形象，一个把自己的生活与心理问题加到下一代去的典型。

玛尼在童年时就不能感受到充分的母爱,长大后她极力讨好母亲,试图得到她的欢心,但在心理上,她依然是一个惶惑害怕又无计可施的孩子。把自己带领到这个世界来的母亲,这个最亲近,最强大的人,却是苛刻的,冷淡的,喜怒无常的。这是命运的残酷,如果没有一个转机的话,命运可能从开始起就顺顺当当地把人给吞掉,就像《女魔头》中的沃诺斯一样(对比一下,也可以看得出来现在好莱坞对弗洛伊德理论的引用要细腻得多了)。如果一个人没有在一种自然的亲密关系中成长,显而易见在成长后要建立一种亲密关系时会感到特别的没有经验,没有把握,裹足不前。玛尼是一个独行大盗,她过的是一种行骗加盗窃的生活方式,她渐渐变得只有对这种生活方式是熟悉的,有把握的,对于马克想与她结婚反倒感到极度恐慌。然而却又只有在真正建立起一种亲密关系后,才能解决玛尼的心理问题。另一种亲密关系,男女之间的亲密关系,身体与心灵,生活与往事的透彻的了解与交融,是成年以后解决童年阴影的一个契机。

建立并维持一种亲密关系对个体来说是必要的,否则的话只能永远作为一个社会边缘人而存在。一种社会性的亲密关系,比如婚姻,把个体嵌入了一种群体认可的生活方式之中,能够给人以安全感,但体制给予的安全感终归是外在的安全感,在婚姻里能得到身体与心灵的放松与着落,才是真正的安全感所在。亲密关系是给人力量的,使人能面对那些一个人无法面对的阴影或者往事,找到症结,解决问题。然而亲密关系又绝不仅仅是如此正面而单纯的能源，在亲密关系里，不仅是爱，更是互相的需求与欲望，在希区柯克的电影里，爱情总是模糊不清，而欲望倒是昭彰在目。

马克一直在试图与玛尼建立起亲密关系，他对这个充满神秘感的女人感兴趣。正如他有驯服美洲豹的爱好一样，他也有驯服这个时时刻刻想逃跑的女人的爱好。这是一个非常男性主导的电影，在电影里，玛尼一直是含混的，不安的，而马克在寻找真相，在试图制服。显而易见，马克有一种对玛尼的占有欲，这种占有欲被希区柯克用一段暴风雨夜的夜景戏表现得淋漓尽致。摄影机极其暴力，将玛尼推倒在地墙上，强光残酷地打着她的脸，她的身体，这是不需要男性的色情戏，或者说摄影机代表了男性，女人在惊恐中如同脱下了身上的套装，呈现出原始的（或文化的）软弱无依，无从抗拒。在一种类SM关系中，显然玛尼是受虐的M而马克是施虐的S，但电影又不只停留在这种欲望关系上，在一种隐晦却又鲜明的暴力与色情场景之后，马克呈现出来的是温情——他抱她，吻她。说马克爱上她也是对的，他爱上她的"超现实"，掩藏的身份，失忆的往事，被恐惧囚禁的完美肉体。

在亲密关系里，爱与欲望是相辅相成的，在十分隐秘甚或扭曲的欲望里，也有可能有爱与救赎？希区柯克对谈爱与救赎一向是全无兴趣的，他能把欲望写成灿烂诗篇，然后电影的大团圆结局则十分地潦草将就。TT，但当我把马克与玛尼两个人物单拆出来想的时候，又觉得这两个人不乏相爱的可能性。对于马克来说，玛尼的吸引力有两个方面，一个方面是柔弱而颤抖的肉体，另一方面却是一种迷离不定的、自由脱逃的气质，它们都使他产生难以抑制的占有欲与控制欲。而如果马克不仅仅只有欲望，欲望是短暂的冲动，当他进入了玛尼的往事，进入了玛尼的生活中，在绵延的时间就有可能产生一种保护欲，一种温情与珍惜。而对于玛尼来说，她逃跑，她自杀，但如果真的有一种融合了爱的亲密关系，使她能克服身体与情感上的不安全感，那么她对马克也会产生爱情吧？甚至于这种爱里糅合着对生活与命运的理解和承担？

TT，当我说起这些感受时，你是不是要笑我又琼瑶剧般地感情泛滥了？我得说，我真的希望这个电影的大团圆结局能解释得通呢。现实总是背道而驰的，据说在拍这个电影时，希区柯克喜欢上扮演玛尼的蒂比·赫德伦，他提了要求，她拒绝了他，他恼羞成怒，在片场要靠别人递话，片子也草率拍完。

希区柯克的知己特吕弗把《艳贼记》归入了"病态巨片"，他说："完美的制作往往会导致将意思隐蔽起来，那么就会承认，'病态巨片'更直截了当地使它们的生存理由显示出来。我们也可以看到，如果杰作并不总是令人颤动的，那么'病态巨片'却往往是这样的。"在看过的希区柯克影片里，这个电影确实更让我体会到一种"满溢而出的真诚"，一种感情上的感染力。希区柯克的"爱情片"成功了，但他的爱情失败了。色情是一种外在的制衡，而爱情是一种内在的克制。他体现出了这一点，没有得到回报，就又走到负气与反讽上去。这个电影不但没有使他转向一个更高的阶段，反而是一个下坡的转折。

"在拍完《艳贼记》之后，希区柯克不再是原来那样了，这个时期他大大失去了自信心，这并非由于影片在商业上的失败——他毕竟还遭到过别的失败——更确切地说，是接连遭到他的业务关系以及跟蒂比·赫德伦的私人关系的失败。"哎，就写到这里吧，TT。

七七，

七月。

自我的边界

TT：

《只做陌生人》是一个爱尔兰与荷兰合拍片，电影中的男主人公住在爱尔兰，女主人公曾经住在荷兰——这个地理背景并不重要，在情节上没有起什么作用，但其实又还是重要的，因为归根到底这是一个欧洲文艺片，它的立意与腔调，换个地方恐怕显得矫情（这部电影也还是有那么一点矫情）。这种探讨自我的边界的电影，在"发展中国家"与"发达国家"完全呈现出现两种不同面貌，如果物质匮乏，生存困难，人必须自发形成一个共同体来解决生存问题，边界是需要打破的，自我是必须得到他人认可的。而在经历过物质的丰裕阶段，建立过人与人之间的亲密关系后，人倒有可能又重新需要一个"自我"的严格边界，这可能是自我受到过伤害的应激反应，有可能是万事俱足唯缺自我的一个新追求，人的追求永无止境地螺旋式上升，在一个阶段里总有一个阶段的危机需要解决。

电影中的女主角一开始遇到什么样的生活或内心危机，没有做具体的交代，总而言之，这是一套空空荡荡的公寓，所有的东西都被清理出来放在一个个箱子里被挑挑拣拣，而她把无名指上的一枚婚戒也捋了下来。这是一步减法，把一切身外之物都减去了，没有了房子、家具、首饰，只有一个人、一个背包、收折的帐篷与卷起来的睡袋。她站在路边搭顺风车，露宿在荒郊野外。这个"自我"已经相当彻底了？因为把需求消减到最低，因此得到了高度的独立与自由？这是一种对资本社会与消费社会的反动，然而没有反动到社会的对立面去，而是在边缘徘徊。

这个独自一人流浪的形象让人想起阿涅丝·瓦尔达的《流浪女》，但是她没有像流浪女那样彻底地拒绝一切文明社会规则，流浪女的流浪是以死亡为终点的（那部电影开始就是冬天的女尸），而《只做陌生人》里的流浪，还是求活的，她用工作来换取食物，因为又重新建立了与他人之间的关系。导演拍摄了一场戏来描写她与"正常生活"的对立：当她在垃圾堆里找东西吃时，旁边全家旅行的人问："有什么需要帮助吗？"她摇摇头："你们呢？"她不需要施舍，保留着自己的平等，但是一个更纯粹的流浪者是不拒绝施舍的，并且以一种完全逃脱游戏规则的方式，虚化了游戏中的平等的问题。

人必须在一个有效范围内追求自由，追求平等吗？这两个词本来就是文明社会的产物，通过对文明社会的反向而行来追求的自由与平等，必定也伴随着孤立与死亡（从艺术的角度说，也可能伴随着美感）。

而通过最低限度的与文明社会的合作来追求自由与平等，则是这部《只做陌生人》采取的角度。Nothing personal，这是她与他对话时，为他们的关系设定的前提，将人与人的关系仅仅保留在交换上，而不需要彼此的名字，不需要彼此情感、思想的交流。

电影的影调偏冷，爱尔兰的绿色与蓝色都被笼上了一层雾气，蒹葭苍苍，白露为霜，水中的小岛和小屋美得不食人间烟火。她一次到小岛的房子里去时，主人马丁并不在。餐厅的桌子有红色桌布，墙上挂着许多杯子，起居室有壁炉、音响和唱片，卧室的窗外绿树盈盈，阳光照在铁架子床上，床单雪白。她把衣服脱下，裸身躺在床上，把被单缠在身上，白被单和肌肤在阳光下透明而熠熠生辉。——这个小段落拍得很唯美，也很女性，一个女人，无论她自发地选择了多么粗粝的生活，但总是喜欢温暖、柔软、洁净，像喜欢自己的身体一样喜欢。她毫无疑问是自恋的，但是她把这种身体的放松与缠绵藏在灰扑扑的在路上的衣服里，这是她的秘密，她自己的快乐。

如果有两个人，两个人之间的交流完全地Nothing personal是很困难的。马丁家侧门的墙下有一条长凳，他们之间的对话是从这里开始的。一开始互相都很不友好，然后她为他干活，他给她食物。电影有小标题，第一小节是loneliness，最后一节是alone，中间三段的顺序是关系的终止、婚姻、关系的开始。也就是说，这两个人的关系与一般的顺序相反。她杜绝了他对她的了解可能，一开始的时候，宁可在长凳上吃东西，在帐篷里睡觉，但慢慢地，两个人的关系总是在接近，干活，吃东西，一起去酒吧（她在酒吧里喝酒跳舞，在陌生人中间十分放得开）。两个互不了解的人也可以相安无事地生活在一起，甚至这种互不了解还增进了相安无事——就是对婚姻的一个理解？他们问起对方，最喜欢的颜色？数字？然而在"名字"这个环节卡住。她只愿意当对方的"you"。

马丁喜欢这个没名字的姑娘。虽然电影中并没有描写他怎么喜欢她。他留下他，做饭，给她一个房间。仅只是因为一个人的孤单？也不见得，马丁更大的孤单在于他得病而将不久于人世。只有喜欢一个人，才会想了解这个人，她的名字，住在哪里，她的来龙去脉。他从她的身份证上找到荷兰她的旧公寓去。这个旧公寓空空荡荡，他一个人待了一会儿，从木地板的缝隙里拾到一枚细小的发夹。

爱是一件非常个人化的事，意味着要敞开自己，要进入对方。在这一点上，电影中的两个主人公总是交错而过，她进入他的房间时，他是缺席的，他进入她的房间时，她缺席。他们两个最有亲昵感的片断，莫过于大雨中一起回家时，放松地笑骂，她跟在他背后，说要尿尿，在雨中下了路基蹲在地上，他远远地在前面等她。在这个场景里，有一种张爱玲所谓"不洁的亲昵感"，但电影中的画面自始至终都是非常干净的，连这一段的画面都拍得十分清新而只保留语言上的一点暧昧。

《只做陌生人》是部女导演（Urszula Antoniak）作品，她把一些女性心理把握得比较贴切，比如对自我的盲目坚持，比如关系中的抗拒与亲密，这个将自己从文明环境中放逐的女性，重新进入的是另一个文明环境，还是有桌布、餐盘、土豆可以做成土豆蛋糕的环境。这是一个娜拉出走之后的问题的重复书写，但唯美有余，深度欠缺。在电影里，出走的、流浪的女性能找到一处世外桃源，一个呵护自己的男人（死后还把这处世外桃源留给自己的男人），当她把自己的内心封锁起来时，这个男人找到那枚发夹，想打开她，了解她。

这一切都很美好，但不免有意淫的嫌疑，电影中的男主人公是个善意、深情、格调高雅的中年男人。他并没有一般而言独居者的孤僻，而能让场面亲切自然。当他问起一个不该问的、太个人的问题时，他先道歉，然后罚自己唱个歌。舒伯特的歌。

七七，
六月。

相见争如不见

TT：

有一天午后，我看了一个很特别的片子，只有五十分钟，叫《午宴之歌》。

这个电影是根据一首叙事诗改编的，诗人的名字叫克里斯托弗·里德，他出版的作品不多，只有两部，一部纪念亡妻的诗集，和这首不算长的叙事诗。对于这首叙事诗被BBC拍成片子（用这个非常模糊的字眼，"片子"，是因为从制作流程上，BBC制作BBC播出，那么它是英剧，但是作为一个单篇独立作品，它更接近于我们所谓的"电视电影"的概念，虽然它行所当行，止所当止，长度不及一个标准电影的长度），并且由艾伦·瑞克曼和艾玛·汤普森这样的大牌出演，诗人是始料未及的。诗歌可以改编成影视作品吗？当然，《荷马史诗》是可以的，那么一首师承于伍尔芙与艾略特的现代诗也可以吗？

TT，这是我所看过的电影里诗与影像结合得最为水乳交融的例子。当诗起步时，影像就亦步亦趋地跟随它，或者也可以反过来——

它们互为形与影，互为注释。举个例子来说，当一个极为好听的男声旁白说"舒展你的想象力，你就会看见弗吉尼亚·伍尔芙/提着一篮书懒洋洋地走向图书馆"时，画面上看到一个女人走过，提着一篮书。那么没看过电影的你不免要问：这不是同义反复？它有什么意义呢？画面能呈现的内容，为什么还需要旁白来说明？

是的，这类似于同义反复，但更准确地说，它是共时性的同义呈现。如果用结构主义语言学的术语来解释，就是在这个电影里，有两套"能指系统"，它们指向一个共同的"所指"。旁白不完全用来说明画面，画面也不完全用来说明旁白。它们的"语义"是一致的，但它们各有自己的媒介与修辞方式，并且依赖于不同的理解路径与审美习惯。——那么这个作品，就产生了双重的愉悦感。

表面上看，《午宴之歌》的方法很取巧，它拿来了一首叙事诗，然后配上了画面。但是这样好的一首诗，得用怎样的好演员、好摄影、好剪辑、好音乐、好节奏感……才能平行于诗，在线性的文字维度外，创造出一个时空来。诗人贡献了他的精微的感受力，他对自我的深刻内省，以及一个既得对称的典雅之美、又能向虚空发问的叙事结构。而导演和演员，以及一个优秀的团队，呈现了极高的素养和技术，以至于当影像向诗索取创造性的同时，它俘获了这首诗。当诗是对某一种可能性的描摹时，它落实了这种可能性，并且让它成为近乎唯一的可能性。

TT，我的逻辑已经把你搞得头昏脑涨了吧？这个电影在显得很平易、很好看的时候，又是很大胆、很困难的。它在它的尝试方向上达到了一个很高的水平。但我这样努力地分析它的双重叙事，也就是一个学过些文艺学、电影学的小知识分子的执念。诗不是用来分析的。好诗之所以为好诗，或好电影之所以为好电影，都在于它们可以带来一种直接的共振，直接的抵达，或者直接的陷落。

我在看这个电影时，忽然脑海里浮出一首宋词：

> 宝髻松松挽就，铅华淡淡妆成。青烟翠雾罩轻盈，飞絮游丝无定。　相见争如不见，有情何似无情。笙歌散后酒初醒，深院月明人静。

他是个图书编辑。已经过了五十岁。他从一间布满稿纸的办公室出来，怀着少有的雀跃和期待。如果在大街上看到这样一个男人，目光通常不会被他吸引：他外表普通，表情不生动，目光有时游离有时挑剔，没有一点亲和力。但他还有一点动人之处吗？又似乎还有。他身上有一种属于"文学"的气息，在他普通的外表下，暗藏着敏锐的观察与感受，并且有把这些观察和感受付诸修辞的习惯。这真是个悲惨的习惯，使他无时不进行着潜在的写作，但事实上他又已经失去了写作的行动力，词句只在他的内部循环。在他的修辞里，世界的细部分外鲜明，但他却与这世界隔阂已久，只是消极应对。

　　他的沉陷之处是他的消极，然而他的动人之处也在于他那么消极地沉陷，与这个世界的成功规条保持冷淡的距离。他能观察到一切，但他不进入这一切。就算他不再能写诗，他也还是个诗人。然而当他与世界保持距离时，他失去的有还留在那边的她，他们的爱情，以及不停地、正在失去着的生命力。

　　时间已经过去十五年，他们约好在意大利咖啡馆见面，那里有过爱情，有过美好时光。她出现了，虽然老去，岁月却不曾摧残她的容颜，依然美貌，风姿绰约。她具有天然与这个世界沟通的能力，包括与侍者沟通点菜的问题，而他只会抱怨东西都变了，只有繁多的披萨。她把昂贵的皮包搭在椅背，戴着精致的首饰。显然，她过得很好，他过得很糟。往事涌上心头？他的眼前出现当年的缠绵幻影，然而目光所落之处，却是女服务员年青的翘臀。

　　他已经不复拥有她了。她的美好的身体，她的聪慧的眼睛。当她伸出手安慰他——在他手背轻敲的中指，伸到他掌心的拇指，像一滴水般让他更渴。然而他已经不复拥有她了。他们的谈话渐入歧途，就像他们的爱情最终找不到出路，于是变成了指摘：她对他洞若观烛，指摘到他的灵魂深处。

　　还能期待些什么，想象些什么呢？他喝多了。迷糊间走到顶楼，还打了个盹。在weep与sleep之间，他选择了sleep。镜头拉远，有谁知道在层叠的楼顶中，有一个喝醉的人？当年的她垂发如云，面目模糊，出现在他的醉梦里？

这真是首凄凉的诗。TT。虽然英国人那么长于自嘲，但还是让人觉得凄凉与心惊。

爱之已逝。死之将临。

《午宴之歌》是一首爱与生命的挽歌吗？但是在那样坚决的自我省视中，又能看到一种深刻的力量。这是人本身，能与爱和死抗衡的力量吧。

写到这里。

七七。

第二辑　远处

静谧的完整性

TT：

年末总是比较忙碌，要在假期陪着孩子，要回家看望父母，要跟朋友们抓住这一年的尾巴聚聚聊聊。生活总是匆促，善变，要打点精神去应对，像一连串的快速剪辑，不注意中就错失了一个可能有含义的镜头。然而好在总有一些"静谧"的时刻，无言地等待着人们。今年的冬天来得特别迟，现在银杏树的叶子还没有落尽，而气温已经很低，白天也变得短暂。傍晚走在路上时，忽然发现起了薄雾，空气潮湿，灌木丛与灌木丛上的落叶显得谦卑而安静，在各种无声的零落与承受中。乔木在雾气里呈现枝干的形态，线条疏朗。

这是生活中的一个"空镜头"，会不由自主地深呼吸，甚至希望这个镜头更长一些。然而总是又很快走过了，虽然并没什么特别要紧的事。似乎感受到了一点什么，无法言传。但是有些人能把他感受到的用电影的方式再现出来，——不是"传达"，所以看这种电影，有时也会深呼吸，希望自己能"领会"得到。

这说的是我昨天看的电影《静谧的生活》，1974年的伊朗电影，导演苏赫拉布·沙希德·萨利斯。看介绍说这个导演在上世纪70年代奠定了伊朗电影的影像风格和现实内涵，的确能感受到他对阿巴斯这样的导演的影响。这是我看的他的第一部电影，但是远隔着时间、地域、宗教文化等等的巨大鸿沟，这个电影却让人觉得如此熟悉，亲切，以至于心中某种久违的好的感受在被唤醒。

电影的情节非常简单，一个工作了三十三年的铁路扳道工，每天的工作是打铃，摇起落下扳道栅栏，他和妻子就住在铁路边，生活的享受是抽一口烟与喝一杯茶。电影中间有贩子来贱价买走妻子辛苦编织的地毯，还有当兵的儿子回来一次。忽然他就被"退休"了，他想去找个说法，但是什么说法也没有，各部门推诿一番把他轰走了。新的工作人员来了，他们的家当被装在一辆破马车上，然而这辆车能到哪里去呢？

对情节的这个描述是大体无误的，然而对情节的描述正好可以体现"情节"与"描述"的极其有限性。对于这个电影来说，重要的是"呈现"。在初看这个电影时，我感受到这个导演能做到一种完整性的呈现——这种完整性的达成，使电影中的这个世界与现实世界达到一种极为重叠的关系。姑且粗疏地把电影与现实之间的关系区分为"想象"的与"渐进"的，前一种电影为观众制造一个欲望的满足空间，后一种电影则使观众对现实进行印证与思考。安德烈·巴赞提出过一个重要的观点:"摄影实际上是自然造物的补充,而不是替代。""任何形象都应被感觉为一件实物,任何实物都应被感觉为一个形象。"(见《摄影影像的本体论》)那么《静谧的生活》构建起一个如此具有完整性的电影形象(指"造型结构与在时间中的组合"),以至于它能带给观众一个几乎完整的对现实的观察与理解。

TT,这段纯理论的话说得很绕了。事实上昨天看完电影,今天早上我把电影的前五十个镜头内容一一编号记录,然后翻出巴赞的《电影是什么》重新认真看了几篇(另外一篇重要的是《电影语言的演进》),有时候,一个电影会让人回到电影语言的基本环节与基本理论里去,想弄清楚这一切是怎么发生的。为什么在朴素的对一个老人的生活书写中,能够产生美感乃至于宗教感,在故事的前半部分,这个老扳道工的生活有一种简朴与庄严的力量,如同这个工作不是他的上司给他的,而是他的主赋予他的。

影片可以被作为长镜头理论的范本加以分析。第一个镜头是个空镜头,地平线大约处于画面的黄金分割线,铁轨穿过下半个矩形,在画面下半部分形成大小两个三角形,右侧近景是两棵树,树后有一个很小的小屋,安静看的话,还能注意到侧墙的两个小窗与小屋边的小水塘。构图极为简单,稳定,但伴随着火车行驶的节奏,画面有轻轻的晃动,这个节奏绝不使人丧失稳定感,反倒还能带来某种安定感。电影的前十分钟是用来展示空间关系,人物,与情节的缘起的(在叙事上有这样的功能，但不限于这个功能），而这种展示的时间长度留给视觉的是一种"凝视"。凝视这样一幅萧索的乡村图景，凝视这个衣着敝陋的老人，凝视他的小站，他的空徒四壁的家。

在凝视里，动作的完整性得到保持，导演不用一个经济的蒙太奇来"表示"一件事情发生过了。比如一个长镜头，火车从左侧画面深处开来，到右侧前景出画，等火车过去后，老人把扳手栅栏摇起（红白相间的栅栏是这个电影唯一比较醒目的颜色）。这个长镜头里观众共同经历的不仅是"摇起"这个动态动作，还有"等待"这个静态动作，他的三十三年的工作，至少得到一次完整的表达。再比如抽烟，喝茶，每一个小动作也都细致记录。将方糖在茶叶蘸蘸，先放在嘴里，把茶从杯子倒进碟子，一口一口，喝得既不慢也不快，喝得干干净净。

这种节奏尊重了生活与人的自身的节奏，在凝视里，能产生出一种美感。它一方面存在于构图，存在于形式，另一方面存在于场景，人物，存在于内容。老夫妇的住所是一间铺着草席的房间，只有一张小床，老人侧着身子在床上睡觉，老妇人在地上铺开被褥。房间里有两张小桌，一张椅子。进门一张小桌上放着锅，灯，闹钟，另一面墙下的小桌铺了布，放了茶炊（这像是屋子里唯一"奢侈"的，高于生存需要的角落）。当他们的儿子回来时，他让妈妈为他补扣子，脱下靴子，光着一双脚躺在床上睡。他们的语言很少，连和儿子之间的话也很少。只是说:"他都瘦得皮包骨头了。""给他一点钱吧。""好的。"在儿子离开时,老妇人隔着窗,看到老人把孩子送出去,远远地,看到他从口袋里摸索出东西给他。——这些场景,这些微弱的情节,又是极为动人的。如同陀思妥耶夫斯基的小说一样。

如果这种生活能够延续,那么他们已经心满意足。然而即便是这样的生活,也忽然被剥夺,没有人同情、帮助,考虑到他们的出路。电影的前半部分,有一种深藏的抒情性,有内在的温情与赞美,如同赞美这个世界上最卑微最沉默的部分。而在电影的后半部分,现实批判性不能不出现,人世间并没有一个天堂存在,不管是怎样清贫的天堂,粗俗的富有的掌权者随意地把他们赶走,连这种赶走都是漫不经心的,无人负责的。在中远景占了大部分的这个电影里,最后一个镜头是特写,老人看着镜中的自己。这种省视,说实在话已经超越这个人物了,但是导演似乎不能不让人去省视一下这样一个人,一生,与他所生存的世界。

TT,写出这些好像让我松了口气,看了一个好电影,我会被它占据,像行尸走肉一样晃荡在"我的"世界里,而许多事情与道理不容易想通,处在茫然安静的紧张之中。在形式层面,巴赞的理论能极好地与这个电影对照,像他说的:"这种方式能够表现一切,而不分割世界;能够揭示人与物的隐蔽关系,而不破坏自然的统一。"但是对于一个作品来说,有时候直觉与领会到的东西,比知识与分析的东西更重要。

说完了《静谧的世界》，想到贾樟柯的《三峡好人》，它的英文名和《静谧的世界》一样，也叫Still Life，在烟酒茶糖的设计上，都能看出前者对后者的影响，但是《三峡好人》在向一部好电影致敬的同时，自己反而背离了它的方向。力求展示，却走向暗示。对于现实主义作品来说，没有什么比"接近"更重要了，任何附加物或如巴赞所说，美学的"变压器"，都是必须警惕的轻便花样。如无必要，勿增实体，这在这类电影上也是原理。

祝新年快乐。

七七，

十二月。

迷失的人与迷失的人群

TT：

想和你聊聊《东京奏鸣曲》，却好几天都写不出来什么东西。这是日本导演黑泽清2008年拍的电影，那一年《入殓师》大热，得了奥斯卡最佳外语片奖，风头一时无两。这两个电影很难从"谁更好"的角度来比较，《入殓师》的角度挺好，把温情拍得有新意也有说服力，它是个"治愈系"电影，给观众的是一帖药，药效多久因人而异，至少看电影的一百分钟里还是很让人舒服的。而《东京奏鸣曲》呢，它把病况描述得更惨烈了，还在病因上作了点探讨，最后也给了点药，但对于这个病因，这个病况来说，这个药显然达不到"治愈系"的效果。这个电影让人觉得压抑、阴郁，出路颇不明朗。

给人安慰与希望的电影，通常更受观众欢迎。《入殓师》如此，《海角七号》也如此，日本和中国台湾地区的这两个电影都是以对当代大都市的逃离为背景，回到小城与小镇去，重新发现生活与生命的意义所在。对于个案来说，这些逃离很可能有光明的结局，还可能有家乡，还可能有老屋，还可以努力找到将理想与生活相平衡的方式，或者调节自己的人生观与价值观，找到身心暂安的时段。但是不是每个人都能逃离——也不见得每个人都有逃离的机会，当他们在年纪更大的时候，有家、有孩子的时候，这个社会忽然再将某种必然的坏运气加在他们头上的时候，他们能够如何逃避或者承受呢？

《东京奏鸣曲》这个片名还是有指涉的吧。它讲一个家庭，但它关于东京，关于整体，关于一种价值观与一种生活方式里待得太久的人，被毫不留情地扔出这个体系后的故事。佐佐木是一个很普通的上班族，在一个大公司当总务课长，没有什么独特的才能，只是以对这份工作的勤勤谨谨保持着这个职位。他有太太，有两个孩子，大儿子十八九岁，小儿子十三四岁。他们家在一条小街道上，一幢小小的安静整洁的房子，很近的地方是轻轨，不时就有火车呼啸着掠过的身影和噪音。

整个日本处在危机之中，经济发展停滞，已成型的价值观则僵化难以调节。佐佐木一家这么个平凡渺小的家庭，导演倒是郑而重之地把它的悲剧放在整个世界形势里来观察，父亲因为公司总部移去大连（中国的人力成本更为低廉）而失业，大儿子则参军——加入美国部队去打伊拉克战争，因为觉得"日本在美国的保护之下"，父亲并不关心什么国际局势，只想能好好工作，养家糊口，但国际局势却让他失了业，而日本的终身雇员制度已经渐渐消亡了，上司的口气是寒气逼人的:"你想想你能为公司创造什么价值?"他只能提了两口袋的文件用品走人。大儿子倒是关心国际局势,他的理想显得简单化,要保卫和平,帮助美国,这个理想很快破灭了。但理想破灭倒不一定是坏事,因为理想破灭时还可以从这一点开始新的思考。更糟糕的是连理想都没有。

因此年轻人的问题,在《东京奏鸣曲》里都还比较不成问题,大儿子阿贵最后留在伊拉克,小儿子健二发现自己的天赋,参加了音乐学院附中的考试,——都解决了,或者至少从情节的层面来说都解决了。在一个电影里,从情节层面解决问题是很容易的,但这些情节是不是有取巧的倾向,却是判断这个电影好不好(有没有真正深入到问题的本质去思考它的严重与复杂性)的根据,《东京奏鸣曲》里这两个孩子的问题都解决得有点轻松,好在阿贵的这条线索本来不是主线,是给电影作一个观念上的补充的,而健二这条线的过程比结果重要,过程比结果还好地呈现了孩子的心理。

故事是从佐佐木失业开始的,他茫然地在街头坐下,旁边也还有和他一样茫然的人。有过来人(已经失业很久成了流浪汉的过来人)告诉刚失业的人说去职业介绍所吧,于是他也去职业介绍所,那里排着很长的队。——佐佐木失业的问题不仅仅是他失业了,而是一个男性的尊严被与他是不是有工作,是不是能养活一家妻儿联系在一起。他失去了工作,连带着也失去了尊严。于是他开始生活在谎言之中,向妻子与儿子隐瞒他已经失业的事实。电影的这个段落有点黑色幽默的色彩，他遇到了一个朋友，这个朋友也失业了，但居然把表象维持得很好：让手机固定地一小时响几次，让他冒充同事到家里吃饭。他看着朋友的表演时，居然连连发出了"真厉害呀"的惊叹。但是这个朋友的家人早已知道事实的真相了。面对生活的变故掩耳盗铃，最后终究没有办法维持，这个朋友与妻子开煤气自杀了。

　　这是一种可悲而又可怕的被异化的人的生活。社会把一种价值观深深地种植在人的内心：只有有一个体面的工作，经常有电话联系业务，才是成功的，有尊严的。那么失去了工作，不能在这个阶层或这个体系里停留时，就失去了尊严甚至失去了生活的勇气。这种价值观也不见得就只存在于佐佐木与他朋友的心里吧，当他们的妻子知道他们失业时，不也还是一起共同维持着生活的假相，而不敢去揭穿真相并一起寻找出路吗？而对于男人来说，他们一方面面临着自尊的基石的坍毁，一方面还要在妻儿面前维持一种父权的专制。

　　这就是为什么求职无门、流浪街头的佐佐木让人生出对弱者的同情，又马上在儿子健二面前变为一个暴力的家长。他不肯承认自己失业而不能让孩子学钢琴，而"就是不许"，强词夺理地维护自己在这个家庭里的统治地位。在社会的问题把个人毫不留情地碾过去后，家庭的问题也爆发出来：这个家庭的成员之间没法好好互相沟通，尤其是作为父亲的佐佐木，他与家庭的其他成员在心灵上是隔绝的。——

这个状况揭穿了是很可怕的,但是当他作为一个普通的总务课长,家庭也维持着一家四口和和睦睦的表象时,其实已经不沟通了。

父权已经摇摇欲坠,但整个社会的父权体系还存在着,男性的成年人们已经感到了自己的无力,感到了无法应对下一代的孩子们的反诘,但就算他们不是用暴力的手段来打压,他们也是用冷漠的手段来消极地逃避,不应对。聪慧的孩子健二是最能感受到这一点的吧?他用各种方式提出对老师、对父亲的质疑,其实他并不是没有留出给这些成年人解释的、和解的余地,但是老师与父亲,都不能提供给他一个好的答案。心灵太贫乏了,太怯懦了,这是整个成年男性在电影中的总体形象,然而他们又还有着扼制下一代的暴力。当健二的一个同学被父亲抓回去时,他基本已经绝望。他坐上了车想逃离,但是逃票被抓了回来,这回轮到他拒绝沟通了,他不信任这一切,宁可被关一晚上。

《东京奏鸣曲》把这些病症陈述得太鲜明,以至于难以看到希望。但电影却还要往下走,结果在后三分之一时,情节来了一个非常突兀的转向,家里来了一个抢劫犯,他没抢到现金,把妻子掳为人质,但妻子却在途中遇到成了清洁工的丈夫,丈夫掉头奔逃。人生的混乱让她无法思考清楚这一切?但她想逃离却是必然的,她与抢劫犯到海边过了一夜,日常的生活里,陡然出现了特别魔幻的一页。

谁都想逃离,佐佐木,妻子,阿贵,健二,但谁也没有逃成。他们能逃到哪里去呢？于是他们又都回到了家。导演为这个家庭安排了一个特别好的希望：健二有钢琴天才，他参加音乐学院附中的考试，在考场里技惊四座，让所有的人把目光都落在了这个天才少年与他的父母身上；佐佐木不再穿西装打领带了，他的装束像个蓝领工人。

  这段音乐很好，但是这个结尾真不是好电影的结尾。TT，自我的价值是不需要那么多人的惊叹的目光来认证的，生活的希望难以寄托在天才之上。清晰的自我认识，做力所能及的工作，与家人好好地沟通，对社会有一个整体的理解——这才是普通人生活的希望所在吧。生活中真正的佐佐木，那些平凡的、平庸的人，他们能够做到的，就是生活得更真实一点。

七七，
六月。

暴力的作用与非暴力的意义

TT：

《更好的世界》在今年得了金球奖与奥斯卡的最佳外语片奖，得奖的原因，也许在于它选择去探讨一个有普世意味的主题：暴力的作用与非暴力的意义。不管这个电影将这个主题进展到何种深度，它总还有一种扛一扛这个大问题的勇气。另外，它有一个全球化的视野与一个非常欧洲的视角，对于西方以及西化的观众来说，都是一个比较亲切的进入界面。这个电影是丹麦女导演苏珊娜·比尔的作品，色调清冷，有一点北欧风格，但内里的情绪还是温暖的，结尾几乎可以说只有女导演才会这样拍。

原来的电影片名不是《更好的世界》（这是英文片名），而是《复仇》。——相对来说，原有的片名更具体、明确、贴近情节。电影有两条线索，两个家庭。一个家庭是父亲安东，儿子伊莱亚斯，安东是一个非暴力主义者，在动荡的非洲做无国界医生。因为曾经的出轨，妻子无法谅解，两人正处于离婚边缘。伊莱亚斯是个胆小的孩子，在学校里备受同学的欺侮。另一个家庭是新搬到这个小镇上来的，母亲因为癌症去世了，儿子克里斯蒂安不能原谅父亲——他觉得父亲没有尽力挽回母亲的生命，这个孩子敏感、尖锐，用愤怒与暴力来保护自己，或者维护信念。两个孩子很快成了朋友。他们都是有"缺失感"的孩子，世界并没有亮给他们完整的、温和的、美好的一面，而是让他们早早就体会到丧失与欺凌。

如果这个世界里存在暴力，该如何回应它？克里斯蒂安的原则简单鲜明：反击，更重地反击，重到对方不敢再反击。这个小男孩清秀、沉默，当生活无缘无故把妈妈剥夺之后，他对其他给予他的东西都有一种拒斥的态度。父亲把他带到北欧小镇，这是一个漂亮的中产之家，有许多开着大窗的看得到好风景的房间由他选择，但他选了最小的一个。他不愿意与生活和解。生活太古怪，与生活和解太复杂。他宁可选择与生活对抗，规则鲜明，强者胜出。

这个电影的前半部分里，以暴制暴的法则基本上是胜利的。一个战场在这个看似平静的小镇学校里，欺负伊莱亚斯的校园小霸王被克里斯蒂安痛揍一顿，执刀威胁。这个暴力行为非常过度，在法律层面上，"执械"与否是量刑的一个重要标准，意味着暴力的升级，但伊莱亚斯明白以暴制暴的胜决也就在于暴力升级。他认为，暴力是害怕比自己更大程度的暴力的。另一个战场在遥远的非洲，作为一个无国界医生，安东是以非暴力为自己的行动准则的。当地的"大佬"是一个惨无人道的家伙。他带着一伙喽啰在沙漠上呼啸而过，随意地将暴力施加在别人身上，甚至将孕妇的肚子剖开看婴儿的性别。安东救被大佬迫害的人，当大佬受了腿伤向他求救时，他也答应了——他是不是存着一种善能战胜恶的想法？但是，当大佬得到救助后，他的恶没有丝毫改变，最后安东也只能放任群众将大佬群殴而死。

非暴力的法则在暴力的法则面前显得非常脆弱，不管是在孩子还是在大人的世界里。安东两次努力地想将"非暴力"的信念传输给孩子们，两次都显得不那么成功。一次，是在一个玩耍的沙坑里，一个蛮横的汽修工对安东动手，给他一个耳光，安东隐忍着没有与对方交手。孩子们觉得害怕，并且不理解父亲的隐忍。他们查来了汽修工的地址，鼓励爸爸去讨回公道。安东带着他们又到汽修厂，当汽修工向他逼近，并且又动了手时，他还是不还手，并向孩子们解释说：别害怕他。我一点也不痛苦、不害怕。

但这种"非暴力"准则显然还不是孩子们所能领会的。他们对此还是感到困惑及难以接受。事实上，安东对"非暴力"的实践与展示显得过于简单化了。从理论层面上说，非暴力是对"以暴制暴"的丛林规则的反拨，以暴制暴只能滋生出更大的暴力，甚至是恐怖主义的起源，但是能与"以暴制暴"相抗衡的非暴力，绝不仅仅是面对对手的侵犯与欺凌时的表白"他不可怕，我并不害怕"之类所能解决的。非暴力的深层力量是一种信仰的力量，宗教的力量。它认为现世制度并不合理，但与对不合理的对抗只能导致更大程度的不合理，而非暴力则可能产生一个延宕的时间与空间，产生一种新的可能性，暴力或者能转化为别的东西。只有非常巨大的精神力量才能产生这个延宕的时间与空间吧，通常个人的精神力量难以强大到足够对抗整个社会的暴力法则，而必须从宗教与信仰中汲取力量。基督教说："如果有人打你的左脸，把你的右脸也伸过去。"佛教的故事则是"割肉饲虎"，这在"非暴力"这个层面上是共通的。

在《更好的世界》这个电影里基本上没有宗教背景，安东的非暴力观念基本上是一种个体的理解与选择，如果要贯彻这一观念，首先得有一个起点，就是人性不可能全然是恶的。如果人性全然是恶的，那么非暴力就失去了力量与意义。但安东在这一点上是自相矛盾的。他一方面以非暴力来应对汽修工，一方面也当着孩子的面咒骂他是个蠢货——只有对方还有一点善的，或向善转化的可能性，非暴力才能产生作用吧？如果人性是恶的，非暴力的意义就落空了。孩子们不可能从理论的层面分析父亲的局限与矛盾，但他们直觉这是不对的。安东带他们去了一趟汽修厂，并没有能够打断他们的复仇计划，复仇计划反而升级了。

安东的非暴力暴露出它的脆弱性之后，克里斯蒂安的暴力行动就上马了。他筹划了一场小型的恐怖活动，将烟花中的火药集中起来，打算去炸汽修工的车。伊莱亚斯感到害怕，但还是加入了他的行动。——当暴力行动在一个小规模范围里的时候，它的逻辑不但合理，有效，有时还大快人心，比如打败校园小霸王的过程，但是当它一步步升级时，暴力本身就会脱离行使人的控制，造成可能的、无辜者的受伤。克里斯蒂安原本的计划就是炸车，并且选择了早上没人的时候，但就在引线被引燃时，却正好有一对晨跑的母女跑来。在这一部分里，暴力也体现出它的局限性来——殃及无辜是它的局限性，而在这种殃及无辜里，如果无辜者的牺牲被漠视的话，暴力行动就上升为丧失人道主义的恐怖主义。关键时刻，伊莱亚斯看到了轮胎下的母女跑步的步伐，他冲过去制止了她们，同时自己马上被爆炸的气浪掀倒了。

这个故事进行到这里的时候，如果说主题探讨是暴力与非暴力各自的局限，各自的意义的话，两者同样暴露出了很大的问题：个人的非暴力是脆弱的，而暴力又将引申至一个危险的方向。这个电影的主要情节都结束了以后，主题才基本上裸露出来，而且是一个非常难的未了之局。但是电影呢，从情节上把这些很快地结束了：伊莱亚斯并没有受重伤，父母和好了，而克里斯蒂安也与父亲达成了某种程度的沟通。

这个结局来得太快了点。它建立在一种纯粹的偶然性之上：伊莱亚斯没有死。如果伊莱亚斯死了呢？安东与克里斯蒂安是两个观念鲜明的人，而伊莱亚斯夹在他们中间，一直在非暴力与暴力之间徘徊，他并不那么地理解父亲的非暴力观,也并不那么地接受克里斯蒂安的暴力观,他听从自己的天性,最后他的温和的、善良的天性在关键时刻的呈现,成为生活里每个人彼此和解的基础。这个逻辑,也还是说得通的,但是因为在电影里,安东与克里斯蒂安是两个更夺目的角色(尤其演克里斯蒂安的小演员演得很出彩),伊莱亚斯的这一部分就比较弱,难以在电影的层面上形成平衡与说服力。而且,非洲的那部分情节就像插曲一样消失了。电影的落脚点显得并不踏实,温情调子像是勉强为之,并不真正自然深入。

总而言之,《更好的世界》涉及了一些重大问题,但是导演没有能力把这些问题谈得更明白更深刻,她的叙事与导演手法让人联想到格斯·范·桑特(拍青少年生活的镜头语言有点类似)与凯瑟琳·毕格罗(女性导演在全球化视野中观察问题),但她显然不及后者来得大气,利落,也不及前者来得细致,微妙。普通生活与观念的交织,在电影达成了对问题的图解,但图解到最后,并没有得出一个简洁的、有意味的答案,这都是她的力所未及之处吧。

七七,

九月。

历史的过客

TT：

这个电影是从火车站开始的，一个小伙子在奥斯威辛站下车。他不像别的游客那样只有一个随身小包，而是拖着一个沉重的箱子。几个出租车司机围上来，用英语向他打招呼。他说，去奥斯威辛纪念馆，车路过清新的风景，朴素的街道，都是很平常的景象。但是这个地名太沉重，奥斯威辛，它像一块脏石头压在人类的历史书上。能怎么办？跳过去？跳过这一页？或者停在这一页？或者匆匆读过，尽过读到的责任就翻到那些轻松愉快的篇章？这个电影，《过客》，于2007年上映，导演Robert Thacheim生于1974年，不过三十出头，他拍的是一个德国年轻人对如何面对这段历史的感受与思考，在叙事上影像上，都很成熟，虽然是长片处女作，却一点也没有习作式的生涩。

电影的主人公叫斯文，一个温和负责的帅小伙子。他到奥斯威辛来进行为时一年的民事服役，在德国，兵役可以用民事服役代替。这个地方不是他起意要来的，他报名去阿姆斯特丹，被调剂到这里了。

这个安排，看起来显得有点意味深长。他绝对不是来"赎罪"的，他本身也并没有犯任何罪行，但是在这个特殊的地方，他的国籍，他的语言天然地把他放置在一个"对立面"上。

一开始他就能感受到"敌意"。他被安排和一个波兰老头克热明斯基住在一个小公寓里，并且要照顾这个奥斯威辛的幸存者。但是老头子对他很不客气，他需要他的帮助，但只用短语对他说话："磁带。""点火器。""梯子。"这是个非常自尊、非常固执的老头子，他因为不能不接受别人的帮助（也许特别是一个德国小伙子的帮助）而显得烦躁。有这么一幕：斯文想搀着克热明斯基下楼梯，但他们两个人的姿势都特别别扭，斯文像是要端一个古老沉重脆弱的瓷器，老头像是很不愿意被当作一件古老沉重脆弱的瓷器。他说他不用扶。那么斯文就跟在他背后，他还是不用他跟。他对这个两三步就可以跨下楼的小伙子这么慢动作似的跟在背后觉得难受，他不耐烦地说："你到楼下去等我。"

对待历史，克热明斯基有一种让别人感到不自在的"坚持"态度。他简陋的小屋里放了一个齐备的工具箱，因为他一个接一个地修理那些放在陈列柜里的箱子。斯文帮他去还修好的箱子时，工作人员对这件事已经不耐烦了，他们说，这些是用来"保存"的，不需要"修复"。那些箱子的主人，都早已不在人世了吧？克热明斯基成了一个历史的、落寞的招领员。在他那里,历史不是历史,还是他身上一个曾无比惨痛的编号,但对别人来说:对那些中年的行政管理人员、工厂主,历史是一个起码表面上必须慎重对待的门面,对那些年轻人,历史是自己出生前很久的东西,是教科书要求自己牢记的东西。只不过几十年,历史就断裂了,变质了,历史成了纪念馆,纪念馆成了景点,他成了景点中的一件活化石?用来在开幕式闭幕式之类的场合发言?他拒绝成为这样一件活化石,但他面对一天一天淡去的历史,人们一天一天淡然的态度,无能为力。"给他们看看《辛德勒名单》吧,那更有用。"他平静地说。从历史的角度接受日常现实。

而斯文正好相反,他从日常现实的角度接受历史。他有一种基本的自制力用来对付敌意和漠然,从这个环境里发现了他能发现的重要的东西。虽然最后他还是感到了挫败与茫然:"这里太复杂了。"他可以轻轻松松地离开这里,回到柏林,他可以只做这里的一个"过客",相比起其他过客,他待的时间已经足够长了。电影的最后,是他又拖着那个重箱子,去坐火车,他已经学会了几个波兰词,他能为别人指路了。虽然他有一种疲惫困顿的表情,但他显得长大了很多,沉着了很多。所有经历的东西,可能不足以给他一个结论,也许也并没有结论可言,但是对于围绕着历史的人、事、语言,他有更真切与更深入的理解了吧。他的"过客"经历成为他个人的一小段历史，总会影响着他的现在，和未来。

              七七，
              六月。

读写时代的余晖

TT：

有一天，我在咖啡馆里坐着，这个咖啡馆是轻复古的风格，放了些旧电视、打字机、转盘式拨号电话作为装饰。有个小男孩对电话机非常好奇，问他的妈妈："这是古代的电话？"我在旁边听得忍俊不禁，十几年前我读大学的时候，整个宿舍楼只有楼下传达室有一部转盘式拨号电话，谁来电话了，传达室的阿姨就用扩音器喊："某某某室，谁谁谁，电话——"谁能想十几年的工夫，这种电话就被认为是"古代"的遗物了呢？转眼之间，大哥大、BP机、手机你方唱罢我登场，现在已经是智能手机的天下，我们这一代人，童年是农业社会，成年是信息社会，是真正跨时代的一代人啊！

所以看《编舟记》这部电影时，有种十分亲切的感觉。书呆子马缔光也在玄武书房出版社工作，他被调进了辞书编辑部，这个工作简直就是为他量身定做的。新楼的办公室已经是普通的格子间，老楼的辞书编辑部办公室还是传统的、老式的，到处都是书，主任加三个小兵就在书堆里探个脑袋出来，编辑们戴着袖套，像打磨精密零件一样打磨着一张张用例采集卡。老编辑荒木说他的指纹都磨没了，然后说了句很抒情很文艺的话："用手指触碰词语，像触碰世界的喜悦。"

书呆子生活在文字的世界里，这个世界博大、精微、安静，马缔吃饭的时候也拿本书，于是他与他的书同在，不必与现实世界产生交集，一旦要直面现实世界时，他就显得局促不安，进退失据。一个学语言学的家伙，却不能与人好好交流，这是书呆子的生存困境。主编松本先生开始了一个新项目，编一本"活在当下"的辞典，名为《大渡海》，因为"词语的世界汗漫无边，而辞典就像一叶小舟"——他们用一种工匠的精神制作这叶小舟，至于说小舟到底能不能渡海，还有多少人凭着小舟渡海，这些逻辑问题，在电影中是被故意掩盖和忽略的，这个电影面向现实，却又逃避现实，它是一个美好的小梦境。

松田龙平演的马缔光也，戴着框架眼镜，跟人说话时总佝偻着背，肩膀紧张，像是找不到一种比较合适的存在方式，面无表情中总带着无辜与困惑，但因为他长得帅，于是种种不合适就总归成一个很流行的词："呆萌"。这是一种新的审美标准，影视作品的男主人公不再是强大的，而是带点孩子气的，不是用来保护女主角的，而是让女观众生出一种母性的怜惜的。现实生活中如果有一个马缔光也这种人，不知道会不会生活得十分艰难，但是电影中的他受到了各种庇护：他租住的早云庄的竹奶奶，给他一个稳定的住所，还少收他房租,同事们对他也很不错。

电影开场的三四十分钟,其实都是用来描写马缔光也这个"认真君"的,这个电影在逻辑上很薄弱,它是依靠形象成立的,这个形象让观众产生了认同感,于是从情感上接受了电影设定的情境,执着与笨拙都是高速运行的现代社会所缺乏的品质吧,小光的执着与笨拙让他成为传统的一个可爱的代言人,有对传统的护惜之心的人,大概都会喜欢这么个活化石? 这个电影的好处是,没有使这个形象显得僵硬,日本影视剧里有把这种很"轴"的手艺人拍得很生动的传统,大概因为场景与细节扎实,温情而不煽情。

中间一段是《大渡海》的编辑过程,也是小光和竹奶奶的孙女林具香矢谈恋爱的过程,这个恋爱谈得顺利极了,没有戏剧性的情节,全靠温馨的小细节来点染,日本电影中的爱情非常走极端,或者感官到极端,或者纯爱到极端,纯爱到极端的电影里,常常是连吻戏都没有的,但真能拍出"谈恋爱"的心情,拍出春风杨柳、关关雎鸠的明净宛转,心头一缕情丝荡漾,这个很厉害。电影里小光看到女孩半夜在厨房里的背影,家常衫裤,头发挽起来,镜头拉近一点,是脖颈上柔软的汗毛,少女的气息与怦然的心动,拍得真到位,然而点到即止,转到两人比较搞笑的对话上,令观众已经暗暗悬起的情绪放松下来。

《编舟记》的成功之处,很因为人物的成功,形象本身的说服力,松田龙井的呆萌型的马缔光也有说明力,小田切让的贱萌型的西冈很可爱,宫崎葵演的林具香矢也特别让人有好感,她的容貌不是美丽,更不是美艳,而是"美好",端庄中有温柔、可爱、包容。片子最末尾是两个人在河边看水,小光同学忽然又痴气发作,对自己老婆行个大礼,"谢谢你的关照了!"说得还那么诚心诚意,比说"我爱你"还要让人心里柔软,又忍不住要笑他骂他。"你这人有毛病啊!"他果然被香矢骂了,但香矢嘴角的微笑就像河里的流水一样好看。

虽然"编辞典"这个题材是很有意思的,但实际上它很难拍——成天翻用例收集卡有什么可拍的呢?对一个题材,或者进行思想上的深入,或者进行情节上的编织,《编舟记》显然不对打算对出版、信息、社会心理等进行深入分析,那么这件事情还必须具备起码的情节,以满足观众的观影需求。于是在《编舟记》的后半段里,总编的去世,工作的赶期,成为电影的主要内容,后半段于是变得远不如前半段好看,这些矛盾都是强加的外部矛盾,它们让编《大渡海》这个事情显得很重要,但因为这个事情的重要性事实上是存疑的,因此就有些虚张声势,把《大渡海》非得编成,成为每个人的人生理想当作电影的核心,这个核心太虚弱了。成功的《大渡海》削减了电影的内涵,人物形象反倒在后半部分变得薄弱。

TT,在看过《编舟记》后不久,我正好看到一篇文章,说德国有两百年历史的《布罗克豪斯百科全书》不再发行印刷版本(《读书》2014年3月号曹卫东《老兰培需要一个上帝》)。里面谈到"以传统百科全书为代表的专家知识，无疑是主体性哲学的产物，知识就是主体对客体加以把握的结果"，"而在维基百科时代，占据统治地位的是主体间性的认识论模式，认识的机制不是主体之于客体的纯然把握，而是主体间的一致赞同。"

我们都正面临着这种知识生产方式的转型，在《编舟记》里，字词的释义依然由专家与编辑自己撰写，主体依然在努力把握这个世界，并且试图把新出现的词，把新出现的"错误用法"纳入到原来的体系中去。这种尝试是可能成功的吗？语言的海洋并不风平浪静，这个时代里，新词正像一个个大浪一样袭来，它们旋生踵灭，辉煌一时又销声匿迹，信息时代飞速向前时，小光手写的用例收集卡能跟得上它的步伐？

麦克卢汉有一句名言说："媒介即信息。"《编舟记》中想编一本"活在当下"的纸质辞典，并且帮助人们渡过词语之海，这实在像是一场冷兵器打赢热兵器的战役。然而有趣的是，电影本身是这个时代的大众媒介，《编舟记》用新媒介进行了一次美好的怀旧，并且打动了许多从小翻着纸质辞典长大的观众的心。

TT，说到这里，我不禁回忆起自己小时候，家里有一本缩印本《辞海》，那是80年代初爸爸用一笔二十多元的巨款买来的，那时候他一个月工资也不过四五十元吧。那个时候，没有电视，没有电脑，没有手机，甚至家里连电话都没有。我们常常玩一个游戏，就是随机翻这本《辞海》,看谁翻到那一页有插图,然后再看这幅插图的解释。这可真是个快乐的游戏啊,我们在细密的词条间穿行,就像拥有整个的世界。

七七,
四月。

第三辑　我们

阿涅斯·瓦尔达的镜与窗

TT：

前几天在碟店逛逛，买了张阿涅斯·瓦尔达的《五点到七点的克莱奥》。这个电影几年前——2005年春天，在北京的瓦尔达影展看过一次，留下了深刻的印象。阿涅斯有一种处理题材的能力：她不见得把某个题材挖得特别深，却决不至于把某个题材给拍轻了，她能把题材打开，展示出一种吸附力——风景、细节、不相干的人物、声音，进入到原有的题材中去，因此绝不单薄，而有温厚包容之感。而这些"被吸附"来的东西呢，通过两个方式被消融到她的作品里去：一个是摄影，她是摄影师出身，对物体的质感有一种天才的领会与捕捉能力，使被吸附来的东西还保存着光彩与趣味；另一个是音乐，音乐对画面素材进行了梳理与整顿，让它们有节奏地，有旋律地团聚在主题周围。

瓦尔达当然不是一下子达到艺术上的圆熟之境的。1954年她拍了处女作《短角情事》，这个电影是新浪潮最最早的小浪花，拍得不成熟极了（其时她二十六岁，用掉了遗产，抵押了房子，向母亲借了钱），电影介乎纪录片与剧情片之间，有两个不相交错的部分：一部分是短岬村的村民们面临水质污染与政府检查的问题，另一部分是男主角请女主角从巴黎来到这个海边小村，试着挽回他们的感情。这两部分内容都拍得不深入，短岬村村民的问题没有来龙去脉的深入介绍与分析，两个男女主角间的故事更含糊，在宽广的石砾与荒草地中他们来回走动，语焉不详地对白。我在看这个电影的笔记里记下："从这个电影里，可以看到一个导演的处女作，可能在创作动机上太过强大，以至于压倒了内容与题材。导演可能在这个尝试中呈现出她最关注的角度，最擅长的方式，但却没有就这个内容与题材做出深入的开发。电影中两个看似不相干的部分，在瓦尔达后来漫长的电影生涯中一次次地重现了——对纪录片的爱好（比如《拾荒者》），与对女性心理的发掘（比如《五点到七点的克莱奥》），但《短角情事》还缺乏一种时间与心理上的充分压力，可以释放题材的内部力量，它从表面上划过去了，留下了耀眼的刮痕。"

然后到了1962年，瓦尔达大大长进了。《五点到七点的克莱奥》用一个轻巧的结构给出了"时间与心理上的压力"，并且，用来与心理相对照的风景是她最熟悉的风景，巴黎的风景，画面不再像一个外来者的眼睛一样充满了惊叹的闪光，而有一种胸有成竹的淡定和点染。这个电影要面临的一个新问题是：拍一个漂亮的女歌手的两小时，如何能拍得一点也不浮华呢？那种神经质的紧张感如何能拍得不"作"，而在紧张感的消解中，不是走向新的空虚，而是走向另外的可能性？

电影的最初几分钟是彩色的。用一副塔罗牌来给出电影的背景和定下心理状态。旧纸牌，老吉卜赛妇人的手，克莱奥的戴戒指的手。全是坏牌，坏征兆。克莱奥的眼泪滚下来。镜头转换成黑白的面部特写，黑白片更能突出克莱奥的美，她太美，太时髦，穿着那件无袖大波点伞裙，简直是50年代的象征。她有点踉跄地站起来，出了占卜的小房间。走廊里每个人的眼光都在看着她，她很快走到楼梯，下楼，在门厅的镜子前习惯地照镜子，呈现一个笑容。这是短短的过渡场景，但是拍得非常用心：在镜头下轻轻摇晃的走廊的长窗，楼梯间的墙（墙上细微的裂痕），在音乐的节奏中，克莱奥沿着楼梯往下走的镜头轻盈地重复了三次，真是"魂不守舍"。在这里，主观镜头运用灵巧极了，而人物的主观镜头后面，归根到底还是一位创作者对人物的理解，这个理解落脚在门厅照镜子的镜头里：克莱奥的危机，在于可能的绝症，然而死亡的可能反射过来的除了恐慌，还有一种对自我、对生命的怀疑？她喃喃自语："丑陋也是一种死亡；只要美丽，我就活着。"在这个电影里，有很多的镜子，也有很多的窗子——不停地照镜子，是她的不自信的、惊惶的内心的表现，而一次又一次从车窗外掠过的影致，是真实的世界，是自外而内能给她力量的东西。当最后一块镜子打破,克莱奥不需要强迫症式地照镜子,而且她不再待在一个室内或车里,不再隔着窗看景物时,她才能真正让自己的内心平静下来。

克莱奥的五到七点分为两部分,前半部分在帽店里(她买了一顶黑帽子,试帽时镜与窗的镜头非常密集,内外的各种目光的投射,拍得优美迷离),出租车里,家里,她坐立不安,紧张烦躁。——所有的人都不能安慰她,照料她的贴身女仆,男友,同事,在他们的眼中,她都是"被宠坏的孩子",而与此同时,他们都还是"宠"着她,因为她的美貌,声音,或者成功。她被宠得神经质而任性,但是,在"宠"里似乎是没有安全感的,比如她事业成功忙碌的男友来访,她却一句也没有吐露她的病情与忧虑。川流不息的街道似乎都与平常不同,跟她有了距离似的,其实,是她自己带了内心的疏离感去感受风景与事物了吧。身边的人对她的潦草敷衍的安慰没有用,反倒是在餐厅里,旁边桌子上一对年轻情侣的吵架分了她的忧虑心,让她感到一种生活的真实的质地……

是的。只有真实的生活,才能缓解对死亡的恐慌。克莱奥脱了假发,换了一件黑裙子,从家里匆匆忙忙地跑出来,她受不了抒情了,即便在试唱一首悲哀的歌时她把自己也唱得泪流满面。对于死亡,艺术有时有一种为虎作伥的态度,它不把人带出来,反而让人深陷其中,走向自己的葬礼。克莱奥匆匆走在大街上,觉得门洞里一群群人都在看着自己,每一个人都在看着自己,幻觉也出现了!老吉卜赛妇人!扔在椅子上的假发!这假发意味着一个矫饰的自我?而她一灵未泯,内心有个声音告诫自己:你觉得每一个人都在看自己,是因为自己太自我。

克莱奥家里的两只小猫受到镜头的强调,似乎暗示着克莱奥受宠的然而又是宠物般的生活,而她从家里出来一个人行走时,先是惊惶,然后渐渐平静。她先去找到一个识于微时的女朋友,这个在雕塑工作者那里当人体模特的女孩有一种自然坦荡的生活态度,她带着克莱奥到了一个拍电影短片的朋友家,随道儿看了个电影——这个短片有显而易见的镜子作用,但不是让克莱奥看到一个光鲜的自己以增强信心,而是让克莱奥看到心中的惊惶是一种片面性带来的,而这种片面性其实薄弱而可笑。小短片里,主人公戴上墨镜看到的一切都很悲观,而电影里,克莱奥不正戴着一顶她在帽店里买的不合时令的黑帽子么?她把帽子送给了女朋友,到蒙苏利公园走走。

蒙苏利公园里绿荫成阵,大人们带着孩子在公园里游玩,克莱奥穿过林荫道,在瀑布前的一座小溪桥上看风景。这时候,来了个年青人与她搭讪。这是个饶舌的年轻人(塔罗牌预告里说了,会有多话的人带来转机),他们慢慢聊起来了,这个小伙子是个士兵,明天就要去阿尔及利亚。

关于阿尔及利亚,这个电影在前面做了足够的铺垫,出租车里的广播,咖啡馆里谈论时事的中年男人,都不仅仅是为了给这个士兵的出现做铺垫,它还是这个电影的重要背景——在克莱奥的华丽优越的生活之外,还有些什么,那些穷朋友,那些普通人,巴黎诸景与新闻里的阿尔及利亚动乱,TT,这就是我开头说的,瓦尔达所具有的"吸附"的能力,她的前景里是一个克莱奥,然而她有丰富的后景和她对各个局部与整体的理解能力。对于各种关系的准确梳理,以及世界观人生观的宽阔,让这个点取得很小的电影,有一种内在的深刻与宽广。而它又那么自然地贴在克莱奥的身上讲故事,不拔高,不阐释,电影里有大把的可以引申的象征性细节,但它们在看头一遍的时候,不会露出它们的"象征性"来的,她不以象征为能事,而是让事物自然而然地成其为象征。

克莱奥最终解决了她的惊惶,不仅仅因为医生告诉她病情并不危险,最后几分钟,她显得沉静,若有所思,而思量还没有着落——她和片头出来时那个神经质的女歌手不大一样了,她的眼睛里有了内容。配合着50年代的背景来看,这个电影能看出女权主义的东西来,比如她一个人的离家出走。而瓦尔达的女权是我所欣赏的女权,她警惕来自他人的目光的美学定位,这种定位太容易让女性自身也滑入男性的视角,她欣赏一种独立的、坦然的生活态度,然而,男性没有被瓦尔达放到一个对立的位置去。她接受来自男性的帮助,从女性的角度去理解与欣赏男性,瓦尔达拍了那么多关于她丈夫雅克·德米的电影,是那样深情款款。

总之,这是个耐看的电影。电影名叫《五点到七点的克莱奥》,但电影只有一个半小时,电影里的时间也才一个半小时,从五点到六点半,还有半个小时呢?电影是一个完全的开放式结尾。在一种安静与思索的氛围中,两个人的目光开始了对视,后面会发生什么呢?

每个人都可以有自己的答案。答案并不简单,也并不难。生活的真正难度在于,没有一个答案是一劳永逸的。新问题总在伺机而动。

愿好。

七七。

路易丝与德尔芬

TT：

早上去看牙医，看完牙医后，出诊所沿着街道走几分钟——路过服装店，面包店，宠物店……在街角右拐，这个拐角是个银行，再走几分钟，到一个咖啡馆里。咖啡馆很暖和，两个女孩在擦拭水杯，我要了一杯美式咖啡坐下，掏出《法国电影新浪潮》的下册开始看。因为这两天在复习侯麦，看他的《喜剧与谚语》。

当连续地看一个导演的作品时，不知不觉地，会在生活中用他的方式取景、观察。侯麦的题材很"轻"，方式看似也很"轻易"，对于一个文学与电影爱好者来说，几乎会产生一种"这种电影我也能拍出来"的感觉，但有趣的是，侯麦其实是个思虑特别周到的人，他的电影总是早早做好规划，摄影师阿尔门德罗斯回忆说他是一年前就去外景地把玫瑰花种好的人，这样拍时就有开花的背景。看似平易的电影，却有内在的坚定与严谨，这是侯麦与小津安二郎很相似的地方。

确实侯麦的路数与别人完全不同，不要说与商业电影、类型电影，就是与新浪潮的战友们，他也没有什么共性。他的电影跟"革命"一点都不沾边，60年代法国革命运动轰轰烈烈时，他拍的是六个道德故事，拍的是年青姑娘与小伙子谈恋爱，拍知识分子和有闲阶层。他是文化修养很高的中产阶级，据他自己说，喜欢的小说家是巴尔扎克、陀思妥耶夫斯基和普鲁斯特，画家呢，是伦勃朗与塞尚。侯麦也写小说，但他不以小说知名，从他的小说改编成的电影来看，跟老巴老陀关系都不大，普鲁斯特是大资产阶级出身，法式情调在他那里终于修成正果，成了鸿篇巨制，这也不是侯麦能望其项背的。但正因这样的文学背景，侯麦在拍电影时，有一种文体上的自信。他用一种语法很简单的电影语言，但画面很美，对白很丰富，很大的对白信息量与相对较少的画面信息量之间有一种平衡。他从来不故布疑局，在叙事上，往往是平铺直叙的，有时就像流水账一样给出日期。在可以简单化处理的地方，他是怎么简单怎么来的，所以他能用一个很小的摄制组，保持自己的稳定的班底。他的深度呢？则来源于他的审美品味，他的文字表达，他编织的精巧情节，他能把"表象"中的"意味深长"呈现出来。

这两天我先看的《圆月映花都》。路易丝和男友在郊外公寓同居，电影的第一个镜头是一个很长的全景，扫过空旷乏味的郊区景色，然后是蓝色门窗的现代风格的公寓楼。而路易丝呢，她蓬松的头发上扎一个大大的灰蓝色的纱制蝴蝶结，有点像巴尔扎克小说里的年轻美貌、爱慕虚荣的法国女子的现代版。但她是一个现代女子，不是被贵族包养的女伶，爱情是一种生存方式，而她有自己的工作，自己的房子，她的困惑是：她既需要男人，需要爱，又需要不止一个男人，需要放纵的可能性，而且她还需要"一个人"，需要孤独与自由。

忠实的爱与享乐主义是难以并存的。前者带来束缚，后来带来虚无，路易丝像钟摆一样在郊区与巴黎之间摇摆，她受过良好教育，还一直努力分析自己的生活状态：不是因为不爱男友去寻欢作乐，而是因为有寻欢作乐的自由，才更爱自己的男友。——这么说倒也不是托辞，而有她的真心，在与舞会里认识的萨克斯乐手一夜风流之后，她大早回到郊区的家。但是她的专一的善妒的男友却不在家：他跟她的一个女友好上了。

路易丝的问题在于她太容易拥有？她有一种自然的做张做致，长于打扮，长于温柔与甜蜜，但也因此，她其实是不能享受她的"孤独与自由"的，一个人时，她东翻翻书西翻翻书，一个接一个地打电话，打电话时说："我看了两小时的书。"她身上有一种茫然的气息，这种气息倒不是装出来的，到底该追求什么呢？在独立也有了，自由也有了之后？侯麦给路易丝安排了一个丧失的结局，她貌似拥有的东西其实是很脆弱的，生活也并不在她的掌控之中。在微微的嘲讽中，侯麦并不过分地谴责路易丝，她身边的朋友们也并不比她更好，她是这个圈子里的一分子。

在电影的片头,侯麦引用了一句谚语:"有两栋房子的人失去了他的头脑,有两个女人的男人失去了他的灵魂。"有趣的是,这个电影是以女性为主人公的,在一个现代社会里,女性也可以有不同的生活选择,然而获得越多,却似乎失去的也越多。

《圆月映花都》是一个从获得到丧失的故事,而《绿光》却是从丧失到获得的故事。德尔芬刚刚失恋,她自己还不愿意承认。夏天到来了,朋友们纷纷外出度假,她能去哪里呢?这个电影真正展示了侯麦把"几乎没法拍成电影的东西"拍成电影的能力。德尔芬是个特别普通的女孩子,既不特别美貌,也不特别有吸引力,她不是路易丝永远不愁身边没有男友的姑娘,虽然路易丝其实是很恐慌身边没有男友的,一个人时她就会不停地打电话"主动出击"。而德尔芬的朋友们总觉得她一个人形单影只的,总是要鼓动她"主动出击"。

德尔芬没有一个安心的去处,她去见朋友,去见家人,她在这个朋友乡下的家里待几天,在海边晒晒太阳,到山上走走。这一个人的假期她过得并不快乐,好几次她都无端地哭了起来。德尔芬其实也是茫然的,但她是一个朴素的姑娘,和路易丝相反,她对享乐主义有一种天然的排斥,她的茫然不是通过纵欲来解决,而是在大自然中得到缓和与释放。电影中有些画面拍得很朴素,但是能让人对德尔芬的心情产生共鸣:在乡下的两边都是植物的甬道间走着,用手触碰那些枝条，像是能闻到枝叶的味道似的。还有在山上，她爬上了一个小山坡，往下看那些山峦的线条，开阔而雄伟的景色，有很多烦恼是可以在看到这样的景色时放下的吧。

相比起那些度假色彩浓郁的电影，比如《女收藏家》，《绿光》中的假期不那么中产阶级趣味，而要简朴得多，侯麦善意地在电影中安排了许多暗示：地上的纸牌，墙上的招贴，旅途中遇到的老头老太们聊凡尔纳的《绿光》，他像是说：生活是会给人指引一条正确的方向的，如果你诚恳，耐心。

把这两个电影放在一起对照，TT，能发现侯麦是多么地保守主义啊！他那么细致入微地描写人性的曲折，欲念的起落，但是他还是拍《绿光》，给最普通最朴素的姑娘美好的未来。这个电影看似行云流水，但有时却是大巧若拙的险棋：比如德尔芬在朋友们一起吃饭时，关于素食的话题谈了好一会儿——实在也没什么特别高深的见解，拍这么久，能不让人厌烦吗？但是这个长段落跟后来在乡野间的漫步，跟在山间看景色，其实是有内在的联系的，要看到很后面了，或者全片看完了复盘了才能领会到。山间看的景色是很重要的一步棋了：但这个空镜头很短，一下就过去了，就不怕观众没体会到吗？他也不怕。四两拨千斤般，很短的镜头，看着很普通，却又轻盈，又重要。

要拍出一个普通姑娘的好是很难的，就像把一个再无聊不过的假期拍成一部好电影一样难。侯麦拍过许多美貌的聪慧的姑娘，但我觉得他最喜欢的倒是这个普通姑娘,后来他拍《秋天的故事》——非常温暖的一个故事,又是扮演德尔芬的女演员玛丽·瑞莱演的。

写到这里。

七七。

唯一的真正的忠诚

TT：

  谁会不想在乡下有座房子呢？土地，阳光，以及花草树木。乡下的房子是现代人的、都市人的乡愁，当然，它也被消费社会商品化了，很多时候，它变成了蒙尘的度假屋，变成了一项资产，一个炫耀的理由。然而它还是一种精神寄寓的物质实体，有些事情难以在城市发生，只能在更空阔一点的，有大树与水源的地方才能发生——TT，我这么一大通议论是不是让你摸不着头脑？这是因为看了《朱丽叶与精灵》，还连带着看了《我是说谎者——费里尼的笔记》《我，费利尼——口述自传》，忽然对人与环境之间的关系浮想联翩起来。

  费里尼一生只有一个妻子，朱丽叶，她是《大路》中的杰尔索米达，《卡比利亚之夜》中的卡比利亚，《朱丽叶与精灵》中的朱丽叶。

  "我始终认为与朱丽叶相遇是命运的安排，我不觉得事情可以有所不同。我甚至认为，这渊远的关系早在发生的那天之前便已存在。……在我们之间的关系中，她反映出了对纯真、完美美德的一种令人心痛的眷恋乡愁。"朱丽叶一直想要一幢独门独户的院子，这个要求对于一个誉满天下的导演来说似乎不算什么难以达到的要求。但事实上，费里尼一直都缺钱：他一直发现自己的"名"与"利"处于不对等的状态，他一直要辛辛苦苦地找拍片的钱，手头从来没有宽裕过，别人以为他的生活像《生活的甜蜜》中那样放任奢侈，事实上，他一直住在罗马的一套公寓，一度他有了在乡下的一幢房子，可是后来的偷税风波让他只好卖了它。他不是什么会赚钱的男人，他对钱其实没有概念，但他是一个天才，一个艺术家，他能用一种梦想的方式实现她的梦想，甚至远超乎她的梦想。——在电影里，在《朱丽叶与精灵》中，他给了她一幢海滨的豪宅，雪白的、绵延的栅栏墙，有一排立灯的草地，镶嵌着马赛克的厨房与白纱帘漫卷的起居室。

TT，我在想是不是只有女性才会这么细致地观察电影里的布景细节。费里尼在这个电影里布了很多景，家，邻居家，私人侦探所，海滩，树林，全都似真而幻，从一个实景里变化出许多幻象。这个故事复杂、庞杂，有很多灵感所至的、难以理性分析的东西，事实上，也不需要理性分析，那些古怪的幻想是作用于潜意识的，引起一种深沉而骚动的共鸣的。这是费里尼的长处，他清醒地保留了人的不清醒部分。他心底里对什么东西是真正重要的、珍贵的有坚定的认识，并且追随自己的本能，让本能产生幻梦，使幻梦成为现实中的真实，真实的核心所在。

关于《朱丽叶的精灵》，我是从几个角度来看待它的：它得有一个气氛，神秘主义的气氛，让招魂啊，幻觉啊，精灵啊，这些东西不止是成为一种叙事中的元素，而是成为叙事的起点与基础：这些东西都是存在的，真实的，与现实生活等量齐观的，甚或更为重要的。这就是为什么海边的大宅子特别重要，因为费里尼的这个故事需要接着地气，大树是他这个故事的必需的道具、象征与环境。然后，故事的基本框架是一个女人如何面对丈夫可能的不忠。她的疑虑，痛苦，自我叩问，内心挣扎与纾解。——故事里的丈夫处在一个特别不重要的位置，镜头的焦点始终是女人，是朱丽叶自己。于是问题就在这里被奇怪地扭转了一下：不忠的丈夫变得不是问题，问题变成女人自己的问题，她的灵的一面与欲的一面，她如何能得到自由，得到独立。

显然，故事的框架是有生活所本的，费里尼从来没有说自己是个忠实的丈夫。在他的自传里，他花了一个相当大的篇幅谈到他父母的关系：父亲与母亲一见钟情，母亲随父亲私奔，但他们婚后的关系并不好，母亲是个严格的天主教徒，而父亲总是出差，总是在出差中出轨，虽然他总是给母亲带回各种礼物。费里尼理解自己的父亲，他把这种理解推演为对所有男人，对自己的理解："男人并不是天生的一夫一妻制动物。肉体上说来，男人本就不是一种能严守一夫一妻制法则的动物，不论他再怎么努力控制他的生物本能，他一定得违抗自然压抑体内的冲动，而这当然比顺从这种冲动来得费劲。"他能理解男人的不忠给女人带来的痛苦，但是对这种不忠他也没有什么批判之辞，《朱丽叶与精灵》中的丈夫是个薄薄的影子一样的人物，并不特别可恶或虚伪，只是有点不易察觉的冷漠与逃避（在两性关系中，冷漠与逃避中总是有一种难以言喻的残酷）。费里尼设计了一个更可爱的男性形象，一个老头，朱丽叶的祖父，来给男性的肉欲以一种正面的价值，他反对严苛的、做作的宗教戒律与仪式，爱上了年青性感的女演员，还跟着她走了。肉欲与性灵在这里不是对立的而是相融合的，它变化出纯洁美好的童话式幻想与自由的可能性。

现在，朱丽叶的痛苦显然不可能通过丈夫的改变而解决了。从这个角度看，这个电影有一种令人难过的孤军奋战之感。丈夫不肯帮助她，或者说丈夫觉得这只能是你自己去解决这个问题。她在痛苦中载沉载浮，凭借一种天性的灵敏、宽厚和乐观与之斗争。朱丽叶是通灵的，因为她灵性未泯，她看得到自己所爱的人已经在别人的船上，已经不属于自己，但是她还得验证他人与考验自己。电影中断断续续出现了神父式的私人侦探，诗人式的访客，妓女式的邻居，荣格式的心理医生，费里尼把自己的兼容并蓄的能力赋予了她，但也让她在如此混乱的环境中无所适从，——在这个电影，朱丽叶游离于朱丽叶之外。她曾经就是杰尔索米达与卡比利亚，演员与人物紧紧地拥抱在一起，身心相通，但是在这个电影里，朱丽叶显得有点力不从心，演员游离于人物之外，人物游离于电影之外，她的力量哪里去了呢？在

《大路》与《卡比利亚之夜》里，她能给人怎样的信心啊！但是在这个电影里，她信心不足了，她的信心是费里尼要求她有的信心，她像是不停地给自己鼓劲，在繁华的布景中，她显得过于质朴，不够灵动到能跟得上所有的灵感，只有在最后一幕，她向树林走去时，那个眨一下大眼睛的纯真笑容里还有年青的她，让人觉得，杰尔索米达与卡比利亚还没有消失，有这样的笑容的朱丽叶，是真的能把这一切应对过去的。

"像大树一样，生根在大地，生长向天空，枝叶伸展向四面八方"，这是一种理想状态啊，与丈夫出不出轨一点关系也没有了，电影从一个具体的问题开端，最后却伸展向了一个普泛性的理想。费里尼说："我自问我是否诚实，有没有伪装，是不是为了把女性赶出男性的利益范围外，而把她们理想化了？"他在他设置的一团混乱下，其实还是非常清醒的。在电影里，他帮助朱丽叶解决了一些问题，比如把她从一种殉身式的宗教情怀中解脱出来，比如在放纵的性幻想中放松自己，让性欲完全呈现出来后，它也就是一种身体与想象的可能性的实现。因为费里尼是个男人，所有的这些都显得有些"越俎代庖"。身为妻子，身为演员的朱丽叶对这个电影有她的质疑，她觉得女性不是这样的，而导演是费里尼，电影于是最终成了这个样子。这个片子有一种矛盾性，不像《八又二分之一》那样有一种意图与状态的完美合一之感，它显出一种在成形的各个层面上，各种元素的互相攻击，意图与情节的斗争，演员与角色的斗争。

但是不能说费里尼错了。他依然有他的对的部分。整体上看他还是对的。他说："或许《朱丽叶与精灵》在这个论题上还不算十分公允、透彻、完整。或许它所阐述的尚不及事实的一半，但它在尝试。女性的自主是未来几年的课题。"

关于忠诚，他说："唯一真正的忠诚是对自己和自己的命运的忠诚。"

祝好:)

七七，
三月。

坚持日常生活

TT：

　　有一天我闲翻一本书，一个叫荻原健次郎的日本人写的，叫《在北欧，遇上理想的生活与设计》，北欧和日本的设计在我看来有相通之处，都以"明净"见长，而又有内在的精确感与舒适度。书里提到了建筑大师阿尔托晚年的一个设计：赫尔辛基中央车站附近的学术书店。从图片上看，是很大型的书店，中庭上方是非常漂亮的几扇大天窗，楼上部分有环绕中庭的回廊。在柔和明亮的结构中，可以容纳丰富的内容，人待在其中，既能找到自己想要的书，遇到自己想看的书，又会有一种安心感，一种在书架间徜徉的愉快心情吧？谈到这个书店时，作者加了一句：这是电影《海鸥食堂》的取景地点之一。

　　原来幸惠和绿子是在书店二楼的阿尔托咖啡馆里认识的呀。《海鸥食堂》的情节非常平淡，讲一个叫幸惠的日本女子在赫尔辛基开了一家很小的小店，这个小店看上去跟沙县小吃差不多大小：一个进深挺大的长方形，前方可以摆五张小桌子，后方是柜台，和一个开放式厨房。店的门面是整块玻璃，腰线之下的位置写了店名——好像一本书朴素淡雅的封面，入口比较有意思，像一个小玄关，要转折一下。

幸惠为什么到芬兰来呢？她稍过三十岁了吧，在她身上，有一种沉着的东西了，亲切的笑容里并不带着服务业者对顾客的讨好，她到这个地方，开这个店，是对自己如何在这个世界上生存与生活下去，已经有过深思熟虑的：她觉得什么是好的，她想给和能给别人提供什么。总之，海鸥食堂虽然是一家非常小的店，但是是一家有内在的价值观的小店，幸惠想在店里主要卖饭团这种最家常的日本食物，在饭团里，有她童年最为温暖美好的回忆，失去母亲的单亲家庭，父亲在每年郊游时为自己做的饭团，是给人生打下最坚实的底子吧？幸惠的这个小店想提供的不是日本情调，她想提供的是能吃饱的，简单又好吃的食物。

有好久一段时间里，幸惠的海鸥食堂都门可罗雀，有一位热爱日本文化的小伙子是她的忠实客户，不过她还免了他的咖啡钱，因为他是"第一个顾客"，因为这个"第一个顾客"的问题，她到书店去查书，又认识了店里的"第一个伙计"绿子。人高马大的绿子有一颗小清新的心，在菜单上画了可爱的小漫画。在平淡的时间流逝中不乏趣怪的小细节，然后慢慢地，顾客闻着肉桂卷的香味进门了，再然后，他们也接受饭团了，等不到行李的正子在店里待了好几天，最后也留在店里当了伙计。这个小小的空间里，有了人来人往，有了各种故事。

电影总是需要故事的,但《海鸥食堂》严格地克制了对戏剧性的追求,没有一个人的故事是"完整"的,只是很随意自然地说起,互相之间也并不寻根究底,幸惠、绿子、正子,各人有各人的伤心事吧,但是谁也没有说,这是一种非常东方女性的柔韧与内敛?然而她们又都有一样的奇思异想的地方:绿子在地图上胡乱指个地方就到芬兰来了,而正子呢,是因为觉得空气吉他大赛很好玩……承受和逃离是这个电影中没有明言的地方,没有什么承受之苦,也没有什么逃离之痛,而是顺应着命运的波浪,也许中间也有自己的愿望与尝试,然后就都在一个非常远的地方,一个非常小的小店里安放下来。伤心的东西慢慢让它消化掉,而什么是好的,好吃的,能给人身体与心理正能量的,就努力地去做吧。

所以说起来,《海鸥食堂》也还是很治愈系的电影,它继承了小津安二郎的"淡而有味"的传统,但是失去了对人物与社会的有深度的整体性把握,而是在碎片的拼接中,得到一种温暖的气氛。在这个亲切的电影里,人与人之间的关系是有距离的善意,互相并不做太深的介入,这种善意当然是有限的善意,但是善意也可以积累,也可以互相编织,在一个小空间里形成一个吸引人的气场。——电影的开头,三个芬兰大妈每回路过看看,点评一番,就走了。人与人之间的互相走近、接纳、喜欢、长久的喜欢,那是很难的事情,绿子也想走走捷径，在导游手册上登个广告什么的，幸惠婉转地不同意，她是对慢慢地积累善意有信心和耐心的人。

TT，这是我也喜欢这一类电影的地方，它的现实感与现代感都并不匮乏，人物并没有脱离社会生活的现实，在感受与感情上采取一种更为独立、互有距离的方式。在《海鸥食堂》的结尾，绿子说正子招呼客人时太客气了，而绿子自己呢，又太随意了，"幸惠是最合适的！"——幸惠不置可否，这时刚好来了一个客人，于是她微微鞠躬，微笑着说："你好！"幸惠的招呼是非常亲切的，但是又不是没有距离的。她的善意是保持着一种微妙距离的善意，在这种距离里，彼此的自我可以不受干扰地，保持一种更安然的节奏与状态。

在电影里，每个人都有每个人的节奏与状态。三个大妈的节奏和状态，日本迷小伙子的节奏和状态，他们都处在一个比较稳定的阶段。但也有人出了问题，比如丈夫忽然离家出走的芬兰女人，不知道自己的问题在哪里，不知道如何是好；比如刚出场时的正子，她二十年来都照顾自己的父母，刚刚从这个状态中出来，在芬兰找不到行李的她就像是找不到节奏了……而幸惠的这个小店帮助了这些哀痛迷茫的人。她是个话不多的人，但这个小店聚集起来的人，聚集起来的气，梅子与鲣鱼饭团，手冲咖啡，这些最平常的东西，开始让人又重新在平常的生活中找到了自己，没有被忽然的打击、忽然的丧失给冲出日常生活，成为社会的边缘人。

坚持日常生活！——这是一句很奇怪的话吧，TT？日常生活有什么可坚持的呢？每天的日常生活不是最平庸、最琐碎、最让人厌烦的吗？然而总是在日常生活里，才能坐落下一个最坚定又最淡然的自我，是命运给普通人的漫长的考验与珍贵的礼物吧？而日常生活中，善意与有趣是相伴而生的……那些趣怪的小细节，是平淡的流水中，忽然跃起的一两只小鱼，那种意外和可爱，也是在平淡与宁静中才能产生的，是俳句式的趣怪。

TT，我很喜欢电影里幸惠练的一种叫"合气道"的武功，在狭小的房间里，她在榻榻米上气沉丹田然后膝行掌击的样子是很搞笑的，但是我又特别能体会这个东西，就像父亲给她做的饭团是她的根一样，父亲教她的合气道也是她的根，不管看似柔弱的她像一棵蒲公英一样被风吹到了多远的地方，她却在内心里是一个有根的人，她到了哪里，就能接着哪里的地气生根发芽。幸惠是刚柔兼备的，她是一个完美的日本女性，但她不是一个传统的日本女性，而是一个现代女性对传统的继承与对自我的塑造吧。

天气微雨微凉了。写到这里了。

七七，
九月。

重口味治愈系

TT：

　　昨天看了一个电影，电影的英文片名就是 *Secretary*，中文译名是《风流老板俏秘书》，这个译名看着俗气，其实倒与电影的趣味很和谐。一般来说，治愈系电影是爱情为表，温情为里，这个电影却剑走偏锋，色情为表，温情为里。它的尺度很大，近似A片，但在叙事上，视觉上，其实有各种理论与文本的投射——在粗糙与粗俗的表象之下，导演的学院派路线欲掩还现啊。导演叫史蒂芬·西恩博格，毕业于耶鲁，专业是英语文学和东亚研究，然后在文艺圈子里摸爬滚打多年，年过四十才拍了剧情长片《秘书》。抛开视觉上的色情与结构上的温情不表，这个电影的落脚点其实是：人的精神问题可能是什么造成的，这个问题可能通过怎样的方式转化解决，它研究的是心理与行为的关系。

　　电影片头哈乐薇刚从一个医疗机构出来。后面通过姐姐的婚礼，介绍了一下她的家庭背景与她的精神状态。她父亲酗酒，无法自控而对母亲有轻度暴力。母亲对女儿的爱是美国式的语言强调轰炸加生活上的无微不至（接送上下班），事实上变成一种精神压力。——就是说，她的父母是两个都没法把生活处理好的人，一个自暴自弃，沉迷酒精，一个懦弱抱怨，无法解决。哈乐薇一直处于精神上的紧张状态，同时又无能为力（这大概是从童年一直延续到成年的，以至于她心理上无法健康地成年，一直保持在一个惊慌的小女孩的阶段）。这种痛苦深深地扎着她——以致她无法忍受精神上的痛苦时，就开始自毁，用东西扎自己。

自毁有可能有几个过程，开始是用身体的痛苦来转移，来缓解精神上的痛苦。然后身体上的痛苦就转变为一种奇异的快感，对痛苦害怕/准备，期待/忍耐成为快感的来源。这种自己施加给自己的痛苦与别人施加给自己的痛有一种根本不同是，它貌似是"可控制"的，是自己发起和结束的，但正如任何上瘾症状一样，都有程度不断加深的过程。电影里出现的哈乐薇的自毁道具是有美感的小物件，过程也是程式化的，准备好碘酒和创可贴。这说明自毁倾向在她的成长过程中自觉化与仪式化了，然后这种快感在成年以后，与性快感就相联系起来。《秘书》中的虐恋情节是在这个心理基础上成立的：她的自毁倾向与她在性行为中希望成为一个M有联系（至少在这个电影里，是将家庭背景/成长过程/自毁倾向共同设定为成为一个M的可能前提）。

关于自毁倾向的电影其实不少，比如《钢琴教师》，最后女主人公自己插向肩胛的那把刀真是触目惊心，而且是在片尾，让人看不到一点希望，痛彻心扉。但是这个《风流老板俏秘书》有一点是很好，它给人希望。就是，一种在童年过程中慢慢形成的危险的行为倾向，是不是就只能是不可撤销的阴影？无法清除？这个电影比较乐观，认为是有可能清除的。虽然这种可能性是用一种很大的假设性和比较搞笑奇特的方式出现的。

　　在电影里，哈乐薇学了打字，找了一个律师事务所的秘书工作。这个律所的布置有蒂姆伯顿之风，詹姆斯·斯派德演的律师是一个脆弱的S——在行为上堪称精美，却在伦理上不能自我说服的S。他们先是进入状态，哈乐薇打错字了，爱德华就惩罚了她（打屁股的场景很容易让人联想到罗伯特·库佛的实验小说《打女佣的屁股》），然后她焕然一新，精神面貌有了很大长进，把自毁小道具都扔到河里去了（河水的镜头好像故意弄成带着血腥的颜色），接着一个过桥的意气风发的背影（不过镜头不是比较空旷的，比如大路或平原的镜头，而是前方有一座山，所以她是才过了河，又要上山。道阻且长。这里我大概过度阐释啦）。

　　这里来讨论一下为什么打了一次屁股哈乐薇的自毁症就好了。刚才谈到自毁是可以自我控制的痛苦，从某个角度来说，它让痛苦显得不那么可怕。而且自毁里还有一个心理原因大概在于：我是错误的，或来到这个世界上就是个错误。如果造成这种心理状态的起因，比如父母还爱着自己的话，这种自毁里还有"只能通过伤害自己"来让

"他们痛苦"这种意味。亲密关系本来意味着沟通成本最低，但如果是很糟糕的亲密关系，就会付出高得莫名其妙的沟通成本，在糟糕的亲密关系中成长的孩子，对于亲密关系的建设（实际上就是沟通）都不大擅长，因为没有一个样本可以学习。

而虐恋（SM）关系刚好是对这几个方面的问题的"游戏式解决"。它把痛苦变成一个游戏，人不再被痛苦所逼迫，而是可以将痛苦玩弄于股掌之上？将一个小错误作为惩罚的起因（"错误"也成为游戏元素），在过程中将痛苦感与羞耻感释放出来，使它们不再是体内的恶魔，而成为可以在现实存在中和平共处的东西。但这种游戏显然需要最大的亲密感，如果能从这个途径得到一种真正的亲密感，并且这种亲密感不只是在性生活中存在，而是扩展于整体的普通生活的话，显然是很治愈系的。童年时代糟糕的父母关系造成的阴影，往往得在成年之后得到一种真正扎实的亲密关系才能解决。

电影中的哈乐薇从某个角度来说是很强大的，她爱了，她就表白，她感到SM是她需要的，她就追求，片子的结尾很欢乐，就是S被M搞定了，婚了，王子公主过上了幸福的生活，外表柔弱的爱德华是S，行动力更强的哈乐薇是M，这中间的关系其实很矛盾微妙。

不过虽然谈这个电影谈到这里都像是很有逻辑，但这种逻辑是很薄弱的线性逻辑，就是作为个案是可以设想的，也可能是真存在的。但它并不是一个唯一与必然的逻辑，童年阴影不一定要SM才能治愈，

SM更是不一定能治愈童年阴影——只是因为刚好编剧导演对这个路子比较有感受，比较懂，所以搞出了这么一种解法。在表现这种感受与这种途径的时候，这个电影还是有独到之处的，演员的表演都挺好，特别是前半部分的眼神与内心交流，女主角玛吉·吉伦哈尔因为此片的表演拿过两个奖。

TT，看这种治愈性的电影，总是比较振奋人心的，而且这种治愈还比较剑走偏锋引人入胜。另外让我喜欢这个电影的是，它有一点含而不露的女性主义。不是那种张扬的、狂暴的女权革命的路数，而是一种对女性心理的细腻体察与尊重。看完电影后，我去找了一段导演访谈来看，里头说：It deals in the way in which sex, love and power are all inter-related and I was very interested in doing a love story that was different and that would deal with these kinds of issues but not in a creepy way or a dark way but in a way that had a sort of lightness and beauty to it. "a sort of lightness and beauty"，我觉得是一种面对的方式。

七七，
四月。

天鹅的欲望

TT:

真正的冬天来了。你那里冷吗？杭州连下了两场雪。雪是最干净的，从天上飘下来的六瓣小花，谁都爱雪的纯洁，它还给整个世界都带了纯洁，一场大雪，众生平等地盖在一切美的与丑的东西上，像是一个温柔的，完整的拥抱。然而南方的雪，又总是很快地融了，铲起的雪堆在路边，黑灰得像是脏泥，不再有孩子伸手去团一个雪球。——走在雪后的街道上，TT，我忽然开始想一个算是逻辑的问题：纯洁与污秽的边界在哪里呢？纯洁里是不是有肃杀，污秽里是不是有生机？这些关于雪的想法，算是"赋比兴"的"兴"吧，因为我最近刚看了一个电影，叫《黑天鹅》，我想跟你说说它。

《黑天鹅》，是娜塔丽·波特曼的新作。看完这个电影去翻娜塔丽的电影年表时，发现一转眼她也已经三十岁了，十六年前，《这个杀手不太冷》里的小玛蒂尔德赢得了所有观众的爱，和那些冰雪聪明的小萝莉们（比如朱迪·福斯特，比如爱玛·汤普森）一样，娜塔丽书也读得好，十九岁时，她进哈佛读临床心理学。没有人比娜塔丽更适合《黑天鹅》里的娜塔丽了，这个角色几乎是为她量身定制的，一个完美的女孩怎样成长为一个完美的女人？电影用一个寓言来试图作答，这个电影是个类型片，惊悚片。

电影中的妮娜，处在一个"前夜"，一个从女孩到女人的前夜，从一个普通的芭蕾演员到天鹅皇后的前夜。这个惊悚的前夜完全是"虚"的，一切恐怖的场景，都是幻觉，都是心像，魔由心生。妮娜美丽，勤奋，资质超群，她感受到一种沉重的压力，这种压力不是从外向内，而是由内向外，在身体里膨胀，又折磨着她的精神。电影围绕着妮娜，设置了两重人物关系。一组人物关系是以妮娜为核心，一边是妈妈，一边是艺术指导。这组关系是用来解决她的身体问题的，是一个普泛性的问题，每一个女孩在成长中都会遇到的问题。怎样面对自己身体的成长，情欲的成长，怎样让身体在情欲之火中得到粹炼，从一个少女成长为女人。

妈妈还是把妮娜当作一个小女孩来看待，她粉红色的房间里放满了布偶，妈妈不愿意面对或者承认这只小天鹅已经长大，希望她永远都听话，纯洁，但是她自己却已经感受到身体内部的喧哗之声，不自觉地要走上叛逆的道路了。艺术总监，是个男人，他需要的不只是一只纯洁的白天鹅，他还要这只白天鹅同时能演邪恶的、放纵的黑天鹅。他引导着妮娜发掘与释放情欲，让黑天鹅具有一种热烈魅惑的美。

这个过程对于妮娜来说是孤军作战的，战战兢兢的。就像每一个成长前夜的女孩一样，她也有一种对身体的不自信，一种难以诉说的孤苦。从这个角度看，电影拍得够惊悚（身上的抓痕啊，浴缸里的血滴啊），但却还是拍得皮相了点。妮娜像是困兽犹斗，自己跟自己斗了半天，最终还是在莉莉给她的一杯加了迷幻药的酒的帮助下，真正体验了一次高潮。这是电影中第一个长的幻觉段落，从妮娜与莉莉上了出租车开始，车上的挑逗，回家的欢好，都是妮娜的幻觉，中间夹了一段与妈妈的冲突是真实的，真实的冲突又推动了幻觉，这段忽幻忽真，拍得流畅优美，中间包含着罪恶感，抗拒，叛逆，放纵，放纵后的恐惧，拍得非常漂亮。而且，将一个女孩解放身体的重要一步不放在一场男女之间的性爱，而放在一次自慰上（自慰里还夹杂着女同性恋的性幻想），是导演特别的地方吧，而且特别地有点时尚感。

幻觉是虚幻的，快感是真实的。妮娜需要一次出格的快感来发掘身体的可能性：不只是美的吸引力，而且有性的吸引力。性的吸引力，需要有对性快感的透彻的体验与了解。经过了这场戏，她才踏过了走向黑天鹅的最重要的那条独立桥。但是在电影里，黑天鹅又不仅仅是一种情欲之美的化身，她还是邪恶的，黑暗的——这个比情欲的发掘更难，就是人怎么样正视自己身上邪恶的、黑暗的那一面？这种东西也产生一种美，一种凌驾于善的，轻蔑众生震慑众生的美。

所以电影里还以妮娜为中心的，是另一组人物关系，一边是贝思，一边是莉莉。妮娜在承担着身体成长的压力，一种普泛的压力时，她还背负着一个艺术家的压力，她需要完美，需要成功，需要众生都为她欢呼，而她极其害怕自己是"可以替代"的，就像自己把贝思替代了一样，莉莉时时刻刻都可能把她替代。天鹅不是没有欲求，天鹅的欲求是要当所有天鹅的皇后，不管白天鹅黑天鹅都是这样。当黑天鹅凭借着情欲与邪恶的力量登上了成功的顶峰时，白天鹅只能以死亡的力量与之抗衡，以死亡、纯洁与无辜的死，将自己推上天堂，超越人世的顶峰。

妮娜怎样才能获得邪恶的力量？莉莉充当完她情欲的合谋者，又充当了她成功的假想敌。电影最后一段是真幻夹杂的高潮，妮娜失败后从舞台上退下将莉莉在化妆间杀死了。镜子在这个电影里的作用显而易见，莉莉一会儿是妮娜在镜子里看到的分身，一会儿是妮娜破镜而入想拔除的心障。白天鹅要把心中的黑天鹅杀死，而在杀死黑天鹅的幻觉里，她体验了妒忌与恐惧怎样让一个人发狂，让自私邪恶的内在变成一种践踏生命、君临天下的能量。于是妮娜终于可以变成一只真正的黑天鹅，娜塔丽也终于可以在仙女与巫女的角色间游走。——电影来了个好结局，它把妮娜的落脚点放在仙女上，就像去地狱里体验了一趟又重回人间，妮娜发现莉莉之死只是幻觉，镜片实际上插进了自己的身体，她不是踩在别人的痛苦上欢笑的黑天鹅，而还是用自己的痛苦换来了彻悟的白天鹅。

这是《黑天鹅》的基本逻辑，把它从故事，从画面中拆出来看的话，是很黑格尔式的逻辑，正反合。从完美出发，螺旋式上升，然后达到了新状态下的新完美。当然惊悚片不能这么理性地去看，惊悚片是用来刺激感官的，是用来激荡身体与精神的记忆，人为地给人的神经加加发条的。所以在《黑天鹅》里，最惊悚的镜头，还不是那些真幻相间的情欲与精神的纠缠，而是妮娜发现的，肩胛骨上的抓痕，无名流血的手指，连在一块儿去的脚趾头。这些比较粗鄙的细节带来的感官刺激，总是比更精致、更有隐喻色彩的镜头来得惊悚，但《黑天鹅》基本上还是文艺范儿的，整体而言，显得流丽华美，有格调。娜塔丽借这个电影贡献出她有层次感的、成熟的表演，在这个电影拍摄的过程中，她认识了电影的编舞、舞蹈指导本杰明·皮勒米，恋爱，订婚，然后怀着身孕站到了金球奖的领奖台上。——电影与现实的界限，虚构与真实的界限，幻觉与实感的界限，有时真是分不清啊，幻觉是种很奇妙的东西，它那么轻盈，像是一点分量也没有，但却最终压倒在真实之上，改变了真实。TT，这像不像一场雪？

妮娜取得了最后的胜利，在与妈妈、与艺术指导的较量中，她最后都成了胜利者，黑天鹅与艺术指导的最后一吻里，天鹅已经出师了，她不再是一个被引导者的女孩，而是一个强势的、掌握了主动权的女王（这个艺术指导是文森特·卡索演的，气质非常切合），在娜塔莎最重要的两个电影里，《这个杀手不太冷》与《黑天鹅》里，男性与女性的关系都是亲密与善意的，他们对她，都是有一种保护，一种爱赏。这个艺术指导能发掘她，琢磨她，将她推向了一个他自己到不了的高处。这是容貌美丽端正的娜塔丽的特长，她似乎能引导出两性关系中特别好的那一面。如果给娜塔丽打分，可以打个九十分了，但是如果给电影打分的话，这个电影只能打个八十分吧。因为，逻辑还是太清晰了，整个电影太光洁，太工整，有一定的惊悚效果，但是回头想想，理清头绪，就没那么害怕了，它甚至显得太时尚了点，缺乏一种成为经典的气质。导演达伦·阿罗诺夫斯基已经很使力了，但这个电影缺乏一种类似于气孔的东西，拍的是幻觉，最后还是拍得太实，没有给神经留下余震。所以，比起波兰斯基来，达伦还是个小字辈呢，老波总有些解释不清的地方，有些天外飞仙似的手笔，没法在一个框架里解释通的，但又唇亡齿寒地联系着，像是在神经上悬了个老是不掉地的靴子。下回再说老奸巨猾的老波吧！

七七，
冬月。

凯特·布兰切特之美

TT：

前些天的奥斯卡颁奖典礼，凯特·布兰切特穿的一件阿玛尼秋冬高级定制，淡色丝帛上缀满水钻，繁华极了，也淡定极了。女王淡金的发色，灰蓝的眼睛，眉弓微挑——她的眉弓不像费雯丽挑得那样高，没有外露的任性，而有内在的坚持。《庄子》里说藐姑射山人，肌肤若冰雪，绰约若处子，就像说的是《指环王》中的冰雪女王，餐风饮露，不食五谷。然而凯特·布兰切特不是一个模特，而是一个演员，当她从一个神话世界中，或者从红毯上，从封面上走下，走进一个故事时，她展示出对她的美的演绎能力——这种美可以被赋予社会性、阶级性，可以有最辉煌与最惨淡的可能性，可以成为一部电影的最核心的支柱。

《蓝色茉莉》如果没有凯特·布兰切特的出演，大概只能得三星，伍迪·艾伦拍这个电影，立意在哪里呢？上流与底层的对照？将浮华刺破的快感？对底层也并不留情的嘲讽？体现了一个中产知识分子的聪明、尖刻、酸溜溜与居高临下？如果没有凯特·布兰切特的美与演技，这个片子很难引起某种同情与共鸣，凯特的美使这个电影有了悲剧的气质，而不是一出无甚创意的喜剧。

《蓝色茉莉》的叙事结构与人物设置显然地让人联想到《欲望号街车》，但伊利亚·卡赞、田纳西·威廉斯、马龙·白兰度加上费雯丽的阵容显然要更胜一筹。在往日与现实，诗意与欲望的交织中，《欲望号街车》中的人物都还有各自的真诚立场，费雯丽是被时代的风吹着，倒退向未来，她无所倚傍，既不能在过往的废墟中流连，又无法在真实的世界里找到生存的空间——或者说她根本没有生存的能力，她是一种文化的产物，这种文化本身已经失去经济基础而烟消云散了。而《蓝色茉莉》没有一个深刻的文化背景，它对时代的理解与描绘都更浮光掠影，茉莉的悲剧，因为她的虚荣、浮华，还是因为她嫁错了人？如果她身家清白地嫁给了那个外交官，那么她就能高兴而胜任地做一辈子真正的贵妇，买名牌，请客人，摆一辈子漂亮的pose？

把茉莉的沦落放在她嫁给一个骗子的前提下，是伍迪·艾伦取巧的地方，更重要的作品，比如《欲望号街车》，或者菲茨拉德的《了不起的盖茨比》，不会愿意把作品建立在一个薄弱的，可以置换的情节基础上。同样是对上流社会的描写，《了不起的盖茨比》不是轻巧的讽刺，而在内在的沉痛与迷惘。然而凯特使这个薄弱的个案变得重要起来——她提高了这个个案的观赏性，开拓了这个个案的深度。当然这也不完全是演员的功劳，到底还是导演对电影的整体掌控，或者说，表演在一定程度上弥补了情节的缺陷。

茉莉一出场就是自言自语的茉莉，她的生活已经崩溃了，只有她自己还在用语言竭力地要再现往日的荣光，回忆与丈夫初见时听的歌，《蓝色月亮》，仿佛回到那一刻，回到那个旋律里去，后面的一切都不会再发生，她是刚遇到白马王子的灰姑娘，有南瓜马车和水晶鞋，浪漫的故事永远才刚刚开始。与灰姑娘相同的是，她有天赋的美貌，与灰姑娘不同的是，她不需要美德，她的才能是她有完美的穿衣搭配的眼光，有优雅的动作和口音，她能把自己也变成上流社会的一项精美的配置，如同跑车，如同珠宝，如同海景别墅。茉莉是穿戴着奢侈品的奢侈品，她落难了还是招各种男人——底层的工人，中产的医生，上流的外交官，男人们也被她吸引，就像被一辆豪车吸引一样，占有奢侈品，占有这个社会，这个时代的物质文明的精华部分，这倒是也可以理解。

但茉莉认为自己是一件奢侈品吗？她恐怕没有这样的自我意识，她生活的物质基础来源于丈夫的欺诈性经营（类似于庞氏骗局），对这一点她并不是全无所知，她擅长掩耳盗铃地享受生活，但是在爱情这件事上，她却较了真：因为丈夫的出轨而告发了他，从而自己也告别了光风霁月的上流社会。这是茉莉的人生悲剧，却也是茉莉赢得了观众同情的地方——这件奢侈品居然是有感情的！虽然茉莉在放下电话的那一刻就后悔了，但她还是有一时的感情冲动，如果她是彻底地理性地选择一个奢侈品的人生，她是不会打这个电话的吧？

这朵茉莉是有芳香的，她并不是一朵假花，尤其在将败的时候，更显出其中的茫然、脆弱与真实。但是她破产了，已经被逐出上流社会了，当她的过往被华盛顿外交官发现时，所有的一见钟情一生相许就都成了空话——不只是因为她撒了谎，而是因为她成了赝品，她不是作为一个真实的女人被爱着，而是因为她是一件品相出众、品位优雅的奢侈品被爱着，然而她的破产、她的丑闻已经使她分文不值。但茉莉是没有回头路可走的，她只余下她的美丽与她的镇静剂。凯特·布兰切特在长椅上喃喃低语，人们像躲避一个女疯子一样躲开她，她进入过的世界，她拥有过的人生，现在只存在她的记忆与自语里。

TT，看到这里，我忽然想到前些日子看的另一个电影，《华尔街之狼》，莱奥纳多·迪卡普里奥演的贝尔福特靠股票欺诈迅速聚敛起惊人财富，然而男性与女性对于财富所能达成的满足却有截然不同的选择，男性沉湎于感官的极限刺激，纵欲，吸毒，在生理的层面上追求超验幻觉，而女性，茉莉，却是沉湎于财富所带来的生活表象，她不追求深层的意义，更不追求官能的体验，反而用爱情将生活包装起来，陷入一种心理上的完美幻觉。

在《蓝色茉莉》里，伍迪·艾伦对上流与底层进行了鲜明区分，在审美上，有一种高雅与粗俗的区分，这种高雅已经被各大名牌固化，被时尚发布会指引，它更可以从形式层面直接模拟，而渐渐不需要文化内涵，它更暗示的是相应的经济基础与生活方式，成为阶层的标签。在消费社会中，高雅本身可以成为消费品，但它没有独立的生存能力和生存空间，而粗俗的底层生活却相对来说更有弹性，妹妹往上一阶层的努力失败后，底层的男友还是托住了她，她的生活还和原来一样继续着。

在拍了好几个关于欧洲城市的风光片后，伍迪·艾伦回到美国拍了《蓝色茉莉》，看了半天，这也是一个风光片啊——凯特·布兰切特是这个电影的风光，神情、动作、姿态、容貌，撇开那些丑闻，那些琐事，只有她的美是真的，永远让人流连。

七七，

三月。

忧郁的行星

TT：

　　夏季来临之后，我总是睡眠不好。无论多迟去睡，总是很早醒来，五点多的时候，天光从窗帘透进来，家具与物件显示出它们的轮廓，边缘含糊不清。空气沉闷滞重，忽然醒来时，总是处于一个很恍惚又很清醒的状态。无力动弹，焦灼不安，细微的事情像浪花一样不怀好意地涌过来，汇成了像墙一样的巨浪——对自我的无边际的否定与怀疑……静静地躺着，闭着眼睛，面对面前的巨浪，逃避是一种本能？于是幻想自己在卧室旁边的浴室里，刷牙杯子边有一个插着几件杂物的杯子，其中有一把水果刀。如果切开自己的动脉，打开水龙头，让水冲走流出来的血，就不会把浴室弄脏……我深呼吸了一口气，离开这个既轻盈又险恶的幻想，而巨浪还在另一侧等着我，它不是要把我吞噬，而是要在这个空虚的清晨把我填满，一个人被自我否定和怀疑的巨浪填满的话，就生成深深的自我厌弃之心。

　　——TT，这段描述有没有把你吓到呢？忧郁症是一种难以启齿的病症,它是在生存问题解决之后产生的,伴随着自我中心与完美主义,伴随着意义感与行动力的丧失。自我中心与完美主义不是两个褒义词,但是对于一个以创作某种文本——文字、音乐、绘画为生的人来说,又是两个必需的前提,没有对自我的深刻叩问,没有对细节的敏感体察,也就没有了思想与才华,但自我与世界之间的、细节与整体之间的平衡,却是一个"正常人"获得"正常生活"的必需前提,它需要更含糊的态度,更模糊的尺度。一个忧郁症患者总是一个苛刻的人,只是有些偏向于对自我苛刻,有些转而对世界苛刻。

我不过是一个微弱的忧郁症患者罢了,或者说周期性地出现一点忧郁症的症状。TT,在静静的清晨,一边承受着那如墙的巨浪的压力,一面跟自己说,不能这样躺着想这些,越想越要失眠,越是让虚无的自己给忧郁以入口。我得看本书,或者看个电影。得用什么东西把自己填充起来,明天我得把那些细微的事情解决掉一些,要瓦解掉巨浪般的,想把自己卷挟而去的忧郁,只能是把一个个小浪花拧碎,把它们变成泡沫,于是巨浪也从细部瓦解,因为我有对抗的能力与行动,它就不那么可怕。创作是一种很大的行动力,它能无中生有,而阅读是一种很小的行动力,它不触及这个世界,而将自己暂时地置换到别处,休养生息。

于是在清晨五点钟,我看了一个叫《忧郁症》的电影,拉斯·冯·提尔导演,克里斯滕·邓斯特和夏洛特·甘斯布主演,这个电影，讲的是一个名字叫"忧郁症"的行星撞上了地球，而地球上有一个得了忧郁症的女孩，她平静地迎接毁灭的来临。

片头的五分钟拍得很唯美，邓斯特的若有所思的，带着迷茫痛楚的面容特写，一些如枯叶般的阴影飘落，大而空寂的场景，她的脚步被缠绕，有个孩子在削树枝，所有的动作都是慢动作，画面如同超现实主义绘画，一颗星缓慢地，撞上了另一颗星星。这些鲜明而又迟滞的视觉形象，有如梦境，也是预言。是一个忧郁症患者的举步维艰的内心世界。电影分为两个部分，第一部分的标题是妹妹的名字，贾斯汀，第二部分是姐姐的名字，克莱尔。

第一部分是贾斯汀的婚礼，在一个豪华的城堡中举行。她和丈夫坐着一辆加长林肯，结果无法转过弯曲的小路，到达婚礼时已经迟到了两小时。这是一个显然的隐喻，但导演给了这个桥段不止于隐喻的长度，司机、丈夫迈克尔与贾斯汀轮流开车，谁也没有成功，最后是贾斯汀把车磕到护栏上了。但是她笑容满面，甜蜜可爱，似乎没有因为这样的延耽担心。她的笑容与尝试里有一种"我知道不行"的意味，一种娇软的性感，这是一个隐藏着的忧郁症病人的迷人之处，在事情出了点问题时，她用无谓与亲昵来应对，把悲观收藏得很好。

但是这场婚礼却是贾斯汀很难跨过的一个关卡了。这是一个婚礼，却又不止是婚礼，姐姐和姐夫为此花了大价钱，请了最贵的婚礼策划，有各种环节：致词、切蛋糕、猜豆子小游戏、放纸灯笼……贾斯汀不止是一个新娘,还是这个活动的女主角:她得扮演好新娘。在奢华的"策划"里,什么是真实的?意义在哪里?这些东西都迷失了。贾斯汀强颜欢笑,左支右绌,她的状态越来越糟糕,破坏了整个婚礼的节奏和气氛。有谁能理解一下她?同情一下她?愤世嫉俗的母亲,享乐主义的父亲,在他们那里得不到一点帮助。她的丈夫,一个英俊的、温和的、爱着她的年轻人,但是不懂得她,他爱慕她的美貌、才华,想给她一个安定的小苹果园,她却虚与委蛇地对待他,给他敷衍的承诺,潦草的亲吻,——她的痛苦难以与他沟通。在婚礼之夜,她把丈夫抛弃而和一个刚认识的陌生人在草地上做爱,她有欲念,但她的欲念不愿被禁闭在一场"策划"里,然而欲念逃不出这巨大奢华的场景,她在草地上做爱,路灯把这个舞台照得雪亮,她还是在表演,表演给自己看。

贾斯汀是一个广告公司的文案,刚刚在婚礼上被任命为艺术总监。她的上司也是婚礼的主持人追着她在新婚之夜想出一句广告词。她难以逃脱这个不真实的世界,而这个世界还向她求索更多的不真实,一起来搭建这个虚荣的幻象。贾斯汀不是她的父母,愤世嫉俗的与享乐主义的,这是面对这个幻象的两种基本态度,她还有什么可以依傍?自我的真实的肉身?把自己关在屋里,泡在浴缸里?还有姐姐的孩子,把她当作"无所不能的姨妈"的小男孩?还有马厩里的马,不属于人类的其他真实的生命?在婚礼的一步步进展中,她一步步地破碎了,失控了,她终于无法维系这个表象。忧郁症是一种心理疾病,但它可以有生理的真实——她打不了车,回不了家,她几乎无法走路。

TT,我平静地看着《忧郁症》的第一部分,看着贾斯汀的陷落。据说演员克里斯滕·邓斯特得过忧郁症,她的表演不过火,但能够呈现一种奇特的"隔"——她有两个自我,一个勉力为之的,游移的自我和一个沉重的、在崩溃边缘的自我,内心观望着肉身,这种观望带来了"深度",不至于被世界的浮华表象席卷而去,但是这种"深度"又带来了更可怕的"虚无",有一个落脚点可以着陆吗?肉身攀附着表象的边缘时,内心已落入虚无的黑洞,并且最终也把肉身拉进去……

这时候,克里斯滕·邓斯特的任务其实已经完成了,她给了一个还原度很高的病例样本,而拉斯·冯·提尔的问题才刚刚提出来:一个忧郁症患者的结局在哪里?TT,写到这里我必须得承认:我其实是非常不喜欢拉斯·冯·提尔的。对我来说,他的电影极度黑暗。他总是擅长给出一个善意的、美貌的、有灵气的女性,然后他又用各种情节摧折她,近乎用她做一枚探针来探测人性的黑暗深渊,她的忍耐是人性得到救赎的一线希望——可是凭什么用一个女性来做这个"工具"呢,纵然这个"工具"被用于"救赎"而带上了某种伟大的圣洁的光辉?我能想出的为拉斯·冯·提尔开解的一条道路是,也许他也分裂得很,他把自己黑暗的残酷的那部分和坚忍的纯洁的那部分放进电影的不同元素中，电影中的矛盾冲突也许是他自己的天人交战吧。

在《忧郁症》里，贾斯汀显然是拉斯·冯·提尔的自况，而姐姐克莱尔则是他最爱描摹的那部分女性，是愿意照顾他，呵护他的，虽然克莱尔不完全理解与谅解贾斯汀的忧郁症，但她不像父母和姐夫那样把她推开，她说着"恨她"，但还是给贾斯汀做烘肉卷。当行星要来撞地球时，她和她的孩子，成为最后与贾斯汀相依为命的人。当一个人无法忍受内心的黑洞时，也许寄望于外在的毁灭吧——拉斯·冯·提尔是不惜让整个地球与一个忧郁症患者同归于尽的，贾斯汀沉着冷静地面对整个表象世界的消亡，生之难，死之易，内在的黑洞与外在的毁灭达成了一个理论上的平衡。

然而TT，这种理论上的平衡有意义吗？我依然表示深深的怀疑。把自己设想为末日图景中的英雄，能作为对忧郁症的化解？天亮的时候我看完这个电影，疲倦而平静地睡着了。《忧郁症》对于拉斯·冯·提尔来说，也是出出气吧？"邪恶的世界和人类"会整个地毁灭，这是幻象之上的幻象，编织这些幻象的劳作，是真能把人从黑洞里提出来，在自己依然存在的创造力和行动力中找到存在本身吧。

七七，
八月。

第四辑

他们

哪一个伤口是致命的

TT：

上个月的信里跟你说起《勇士》，因为喜欢汤姆·哈迪，就去翻他的电影列表，看到一部叫《斯图尔特：倒带人生》的电影。片名很怪吧？一看就很不大众，很不商业，但这个片子居然汇集了两个个性帅哥，汤姆·哈迪和本尼迪克特·康伯巴奇！想不到他们两人居然在文艺片里有过这样精彩的合作，当然，在这个电影里，两人都说不上帅，汤姆·哈迪那简直是能怎么糟蹋自己就怎么糟蹋自己……

可这真是一个好电影。就是，你本来是冲着帅哥去的，可是后来，他扮演的角色打动了你，再后来，这个电影让人感动、迷茫，而又清醒、痛苦。它讲社会的另一面——反社会的那一面。但它不是用苦大仇深的调子来讲的，也不是用暴力惊悚的方法来讲的，它力求"轻松"，用一种纪录片的方式，从日常生活的角度进入一个游民的生活，抱着怜悯和好奇（当然要尽量掩饰好奇，对他人的痛苦的好奇是不道德的）。慢慢地，话被套出来了。过往呈现了。于是，一个"街头游荡者、酒鬼、瘾君子、反社会分子、街头吟游者"，他的既专注又空洞含混的眼神，迟缓的模糊的腔调，走路的趔趔趄趄的样子，所有这些被汤姆·哈迪呈现得惟妙惟肖的表象之后，一个个生命中的创口重新被揭开。哪一个创口是致命的？这是一个残酷的问题。

在电影里，本尼迪克特·康巴伯奇演的亚历山大和汤姆·哈迪演的斯图尔特是两个不同阶层的人。亚历山大出身于一个中产阶级知识分子家庭，他到冬憩所去打工，因为时薪九英镑还轮休，他可以有空余时间来从事写作。为什么要写作呢？因为全家都是写作的。亚历山大的气质是干净的，有理解力也有想象力，还有很好的平衡感。他身上有种微妙的冷淡，是知识阶层的通病。想过去，亚历山大有充裕的写作能力，但是他缺乏良好的写作题材。因为他的圈子太中产，太知识分子，修养太高而痛感太少。他抓住斯图尔特这个题材时，是不是有一种卡波特写《冷血》时的兴奋心情？但卡波特对题材是赤裸裸的一次性利用，而亚历山大则有一种英国人的克制和淡定。并且，他的写作和他的行动是联系在一起的，他为冬憩所管理者的入狱而发起抗议行动，陪着斯图尔特参加审判。他进入了他的题材，与他的题材成为朋友，这一点非常重要。

而斯图尔特说他的父亲是一个贼，母亲是酒吧服务员。小的时候父亲对母亲家暴，后来失踪了。这是一个底层的、边缘的社会群体。一些人（可能承受力更强的女性）尽量保持着生活中的正常状态，比如妈妈、妹妹，另一些人，父亲、哥哥、斯图尔特，他们像是暴力的接力棒，伤害别人，毁灭自己。斯图尔特在九岁被哥哥和哥哥的朋友性侵，进儿童福利学校时被校长性侵，进少管所，进监狱，他三十三岁时，已经伤痕累累，摇摇欲坠。——电影用倒叙来回顾他的人生。他最近一次入狱？第一次入狱？他曾经有过的家庭，妻子和孩子？他十二岁？他九岁？一直追溯到他还是个婴儿。与哥哥有一张合照。两个纯洁的、可爱的孩子。等他们长大后，哥哥自杀了，斯图尔特，也可能是自杀了。

TT，当电影把镜头推进到斯图尔特童年受到的伤害时，一般说来，逻辑也就是到此为止了。在最柔弱的童年受到的最肮脏的伤害，使人对人的最黑暗的那一面不寒而栗，而不能不对斯图尔特给予最深的同情。然而，同情是无用的，感慨人性与命运也是无用的。恶魔在人类的头顶盘旋飞行，有些人幸运地没有成为目标，有些人不幸成为牺牲品，还有人让恶魔入驻内心。斯图尔特的哥哥，他是一个让恶魔入驻内心的人？他是斯图尔特不幸的根源吧？如果人生可以重来，是不是没有这个哥哥，就有另一种可能？然而斯图尔特对哥哥有一种奇特的宽恕。"如果哪个事情是决定性的，"他说："是我发现暴力的那一天。"一个孩子的内心只有恐惧，只能承受着落到他身上的残酷伤害。但是有一天，恐惧变成了难以承受的怒气，和怒气一起的是无可挽回的生命被浪费了的感受。

在童年到少年的一天，斯图尔特在把头撞向两个欺负他的孩子身上知道了暴力的能量。狂怒成为他的一种情绪状态，一种能带来暴风骤雨般力量的状态。但是这种狂怒不是他所能控制的。在清醒的时候，斯图尔特比正常人更能清醒地面对自己的内心，他有一种让人动容的哀而不怨，他说，也有人有他这样的经历，但后来还是过上了得体、正常、有意义的生活。而他也让恶魔入驻了自己的内心，他的不定时的狂暴状态什么时候来临，他并不知道。

"我让他住在心底，就再也无法摆脱他了。我想把他烧出来，割下来，他只是笑着说：'不不，我不走。'"他笑了一下，说："他为什么要走呢？他也不想无家可归。"

TT，这是看关于童年阴影与成年暴力的电影中，最让我泪下的一段独白。此时此刻，斯图尔特几乎有一种圣徒的气息。没多久，斯图尔特死了。他被火车撞死，不知道是不是自杀。磁带里的声音还是那样含糊不清："我所希望的就是躺下来死掉，我觉得自己如此污秽，又他妈的可怕。我仇恨、攻击每一个靠近我的人。我只是希望，哪怕一次也好，能够逃离这种疯狂。"

游民斯图尔特其实对生活有一些很"正统"的想法：他想赚大钱，他想儿子上商学院，他去亚历山大的中产朋友家做客时很快乐地开割草机。人类，变成了人群，变成了社会，然后结构形成了，阶层分化了。再然后，有些人被从这个结构中抛出去了。他们成为这个社会中的,背面的存在。虽然这个社会不能算太坏,给他一个住处,给他免费治病,但他知道他回不进那个"社会"了?因为他知道,自己的身体和内心都被摧毁了?

TT,看完《斯图尔特:倒带人生》,回想《勇士》的时候,觉得《勇士》作为主流商业片,永远都给亲情和回归留出最大的可能性。可以说那是一种叙事策略,一种对观众心理的迎合,但有时候,这种主流电影的温情与艺术电影的残酷,也是相辅相成的吧。

七七,
六月。

逝去，与失而复得

TT：

去年夏天的时候，我去过一趟皖南，在著名的古村落西递、宏村的附近，还有一些不那么著名，却更安静恬美的小村庄。有艺术家朋友在当地买下清末或民国的老建筑，把它们改造得合乎现代生活习惯，同时又可以做工作室。在看徽派建筑的时候，我特别喜欢屋檐与天空的关系，天井与光线和雨水的关系，石制的长方水槽的脚边生了青苔，空气里有一种徘徊不去的潮湿味道，这些房子都太寂寞了。小园里生满了蔓草，年轻人几乎全都离开了故乡。

故乡，是空间的，也是时间的。人们从乡村到了城市，也从农业时代，到了工业时代。TT，这些天我在看山田洋次的武士三部曲，看到《黄昏清兵卫》的开场，井口家的房子在黄昏时光升起的袅袅炊烟时，忽然想到在皖南看过的荒圮的老屋来，消逝的是什么呢？——是炊烟。人间烟火，大概就是这个意思吧，烟火驱散了寒冷与潮湿，带来了食物的味道，带来了家人的笑语。然而这时已经是幕府末年了，武士们开始学用火绳枪，传统的结构摇摇欲坠，在价值观的最上层，对幕府的忠诚已经凋败，在山田洋次的武士三部曲里，武士面临的问题是：什么东西更值得追求，什么品质必须坚守。

在《黄昏清兵卫》与《隐剑鬼爪》里，"家"和"川"成为两个相对立的意象，川意味着乱世，远行，对现有的生活秩序的抛弃与寻找时代的方向。而家则是温暖的，自足的，是清贫却又洁净的，是乱世中的一处净土。它是一个小院，院子里有晾衣竿和两三只鸡，是抹得干干净净的檐廊，是火炉上咕咕响的汤锅，是修补过的纸隔门。但在这两个电影开始的时候，家都是不完整的，《黄昏清兵卫》中的井口刚刚成了一个鳏夫，《隐剑鬼爪》中的宗藏则是一个单身汉。他们都有他们喜欢的女人，但是井口喜欢的朋江小姐的出身太好，而宗藏喜欢的希惠只是家里的女仆。在当时严格的门户与阶层区分中，他们都任由自己喜欢的女人嫁给了别人。

这两个电影的情节是非常"同构"的——主人公原本都淡然无为，但看到所爱的人遭遇不幸时，都挺身而出，在生活有了好转的迹象时，命运又让他们必须面对一场他们不想参与的决斗，最后，他们都赢了，并且在生死一线间进出后，更有勇气面对自己的感情与生活，与自己所爱的人生活在一起。因为情节如此相似，导演山田洋次还遭到诟病，但这两个电影实际上可以作为一种"对称图案"来欣赏，朋江与希惠的对称，忠于幕府与离开幕府的对称，三年的美好与未来长久的美好可能的对称。同样的情节框架里有不同的人物性格，就像公式因为系数的不同而得出不同的答案，其实反倒是可回味的吧。

在《黄昏清兵卫》中，有一股悲凉之气在弥漫，人物更"认命"一些，而《隐剑鬼爪》里，悲凉转为孤愤，成为人物改变自己命运的动力。然而山田洋次的特点，却不是一力强调末代感与悲凉孤愤。作为庶民剧的大师，他长于将喜剧元素融入情节，对生活细节的刻画非常自然亲切。《隐剑鬼爪》有一场戏，哥哥带朋友回家吃饭，哥哥问鳕鱼汤是谁做的，妹妹说是自己做的，她喜欢着哥哥的朋友呢，哥哥却笑了，这是希惠做的吧？镜头转到炉子边的希惠，希惠微笑着说，是小姐做的。非常简单的场景和对话，但是每个人的性格都很生动，一种温馨的感觉像能闻得到般。作为电影重点的武戏——决斗，三部曲也拍得各有特点，但最好的还是《黄昏清兵卫》，与清兵卫决斗的余吾善右卫门也是个为生活辗转挣扎的人，他们都一样经历过贫苦艰辛，相互之间有深刻的理解吧？但他们被推到决斗双方的位置上去，谁也不能逃脱。两人在逼仄幽暗的室内缠斗，背景有一方横长窗，在摄影机的快速运动中，窗外的树影与室内的人影形成了动作与情绪上的呼应与渲染——这真是匠心独运的地方。窗户像是一幅黑白水墨画，美而凛冽。

《黄昏清兵卫》拍于2002年，《隐剑鬼爪》2004年，《武士的一分》

2006年。而导演山田洋次生于1931年，此前的2001年是他首次没有推出作品的一年，但武士三部曲开辟了一种新的武士电影的写作方式，生计，家庭，被放在与剑术一样重要的位置上，武士也都是普通人，一方面，人总是身不由己，另一方面，命运又不辜负"天下无双的剑，情深似海的人"。武士被放进了质朴的生活场景，但他们还是传统剑术与传统道德的保有者，他们也许无力对抗时代，但他们还可以保有内心与个人生活的方式。这是黄昏的余照？然而余照如此之美，令人向往。

与前两部相比，《武士的一分》关于时代的内容减弱了，这个电影更多地关于爱情，确切地说是夫妇之爱。三部曲的爱情都是失而复得的，井口曾经失去朋江，宗藏曾经失去希惠，但原因是外部的，她们都是不能掌握自己婚姻的弱女子，都是第一次婚姻的可怜的受害者，井口和宗藏解救了她们，于是重新获得了幸福。但《武士的一分》的情况有所不同，加代是三村新之丞家收养的孤儿，他们一起长大，结婚，过着清贫但是深深相爱、心满意足的生活。但作为给藩主试毒的武士，新之丞中毒目盲，世态炎凉，亲友袖手，他们的生活眼看要走投无路时，加代去请求垂涎于她的岛田主管，在胁迫的情况下失身。三村新之丞赶走了妻子，他失去了眼睛，更失去了尊严，当他知道岛田对加代的欺骗时，他向岛田提出了决斗。

新之丞的剑术老师告诉他，只有无惧于死，才能绝处得生。决斗的场景是一个马场，拍得不容易（摄影师要求光，导演要求风），这出戏的光与风是不可缺少的在场者，那种绝望与激荡的气氛是光与风造就的，盲剑客新之丞打败了岛田，他赢回的是尊严，有了尊严，他才能重新接纳妻子的爱。不然，他永远都不能原谅的，不是妻子的失贞，而是无能的自己让妻子失贞，陷入那样巨大的痛苦。

说起来，三部曲里的女性们都是一个类型的，美丽、温柔、勤劳，让清贫的环境焕发出整洁明亮的美感，男性们都有点大男子主义，但他与她之间，并不是威严的丈夫与驯顺的妻子的关系，他们之间的感情有内在的平等，因为这种感情的程度是一致的。这种夫妇之爱里，有生死相依的重，有日日相伴的亲，有各遵其职的礼。新之丞目盲之后，加代每餐要把饭碗递到丈夫的手上，一颗米粒掉了下来，落在他的衣襟上，她拈起来放到自己口里。——这是清贫生活里平常的一幕，但这里头有一种两个人就像是一个人一样的深情。

TT，这三个电影都看得我眼泪汪汪的，山田洋次是个拍感情戏的高手，他能把一个最好的男人最好的那一下，拍得让所有的女人都哭出来吧？比如片桐把奄奄一息的希惠从夫家背回去，往她的被子里放一个暖壶。而希惠大概觉得，不管这个男人要她走，要她留，她都没什么可说的，她已经是他的了，永远是他的了，不管他要不要她在一起，这一点都不会改变。三个女人，朋江更聪慧些，希惠更坚韧些，加代更硬气些（加代是有硬气的地方的，虽然她外表那么温柔），但她们都是世间的好女子，配得上这些好男人。

真好啊。这些人，这些情。但是TT，总也还是要剑法很好，才能保护自己珍爱的人呐——最终，我居然还是得出了这个"理性"的结论:)

七七，

七月。

边界之内的小意义

TT：

《最后一周》是个很励志的电影。话说有一个叫本·泰勒的帅小伙子，长相端正性情温和，有个挺好的工作（居然是个小学老师），有个挺好的女朋友（漂亮懂事很拿得出手那种），他也向人家求了婚，眼看着就要朝有家有业安定中产的路子上走，但忽然医生告诉他：癌症第四期了。他问：一共有几期？答：一共就四期。日子一下子就变得"屈指可数"——听到这个消息时，他脑袋里一下子跳过好几个念头，包括：取消婚礼……不用再改六个班的英语卷子了……他的葬礼会有几个人参加……

这个片子的开头开得稍微有点活泼，但活泼是一种天生的性情，《天使爱美丽》《罗拉快跑》，这些片子是天生的伶俐跳跃，而《最后一周》的活泼是学来的活泼，是摩羯座硬要扮成白羊座，画面着意为之，节奏也不够灵便快捷，但再踏实负责的摩羯座，听说自己只能活一礼拜了，也不愿意再穿西装打领带了，换上一件式样料子都很不错的皮衣，骑上一辆摩托，打算闯荡江湖去也。这个片子的开头虽然主要气氛是很正剧的，严肃悲戚的，但还是让人觉得哪里有点儿好笑："在路上"的片子拍的通常都是坏小子，灰扑扑脏兮兮的，以打架泡妞嗑药为主要内容，但这个电影是加拿大的，公路特别干净，没啥灰尘，摩托车是从一个老头子那里买来的二手车，也并不怎么轰鸣拉风，汽车旅馆们都很干净整洁，沿途遇上的都是安善良民……他能找到什么呢？

跟着本的旅程走，电影几乎是沉闷乏味的。他似乎是听从命运的召唤——命运在一个可乐罐上写着：GO WEST YOUNGMAN。他就朝西出发了，但导演把旅途拍得平淡无奇，加拿大广袤的土地本身是那么壮阔优美，导演与本做的事情居然是找到一个一个难看的人造风景拍一张张到此一游照。这种旅途真是可怕，因为，既没有深刻的情感（看看塔可夫斯基拍的俄罗斯，就会明白风景里是可以有最深刻的情感的），也没有激情与追求。虽然后来本慢慢开了点窍，似乎想在这旅程中寻找到一种童年相信的灵兽，一种失落了的想象力。但是最后让他的这个旅途没有"白费"地成就了他的写作梦想，出了一本貌似很畅销的书的情节，实在又回到了一个毫无想象力的俗套。

一个人，或者说人类，为什么会在物质的丰裕与生活的安定中逐渐失去了想象力？看本这么到处插小红旗，还挺让人叹息的。电影里对本的童年作了一个回顾，寻找那些让他丧失做白日梦与放声歌唱的能力的那些节点。一次是一边抠鼻子一边做白日梦挨了教练的骂,一次是唱歌时被一个坏老师批评了。但这实在不能算什么悲惨的童年,这是一个文明社会中产阶级孩子的幸福童年的样板,本变成了一个平庸的人,不是因为童年不幸福,正好反过来,他的童年太幸福了。海明威说的,对一个作家来说最重要的是一个不幸的童年。本的作品被出版社一次次退回来都是意料中事,没有被丧失、痛苦、焦虑、无奈折磨过的心灵,在对物与人的感受上都是浅薄的。技巧可以学习,但先天的性情与后天的情怀都有几分可遇不可求。

但出去走走归根到底不是坏事。这个电影拍得不深刻,甚至谈不上多么有才华(以在路上的追寻为主题的电影,已经有很好的大师之作与许多才华横溢的作品了),但《最后一周》又还没有糟糕到看不下去,它拍得很老实,虽然有时候也学了点俏皮的技巧想用在里面,但归根到底是老实的。就是拍一个特别普通的年轻人,他对自由能理解到什么程度,他对梦想的追求能理解到什么程度。电影里设置的这个"只活一周"的前提其实是太重了,情节与演员也没有真正地能够进入"生命的有限与意义"这类比较抽象深刻的问题的探讨,本与路上所遇到的人交流也很浮于表面。在最后的一周里,他不满足于受困于生活,但也仅止于升格做了个生活的游客。但到了电影最后的一个部分,拍他在滩涂边枕着木头休息,独自一人在海里游泳时,还是能发现,当把自己从文明中放逐出来,越离越远,就有一些真正的东西能隐隐约约地浮现出来吧。可惜的是，电影迅速转了个弯让他回家出书去了。对于一息尚存的一点"追寻"，是依靠它保留对自身的批判能力，还是让它变成一枚勋章接受表扬，很遗憾导演选择的是后者。

这种不足同时还体现在，本在旅途中没有遇到什么困难，顶多就是摩托车坏了这种小事。他的童年太过顺当已经成为一件不幸的事了，他的临终旅行也基本上是一帆风顺，遇到的主要麻烦就是未婚妻和父母催着他回家。电影中呈现的加拿大起码是很不精彩，很不好玩的，比起那些欠发达地区，比如拍《摩托日记》的南美，简直可以称得上没劲。只有能让人体验到惊恐、饥饿乃至于痛苦的旅程，才是真正能触动人的灵魂成长的旅程吧？比如安哲罗普洛斯的《雾中风景》。便利的交通，安全的旅途，对于一个要追寻生命意义的人来说，简直像是跟团旅行一样毫无意义。

但《最后一周》在迅雷、豆瓣的打分系统中得到的分数都相当高。这可能跟这个片子是个相当"平易近人"的文艺片有关系。画面清新漂亮，音乐相当好听，不像大师旧片那么深刻那么晦涩，而特别适合小资文艺青年对"最后一周"的理想。有些片断拍得平实而亲切，比如本的未婚妻，在街头听着歌手弹吉他唱歌，怔怔听了一首，想到两个人许多温暖甜蜜的往事，噙着泪在琴盒里丢了点钱，歌手说声谢谢。——这种感情的回忆与表达方式，特别甜美忧伤，但也还是有点浮于表面。就像片尾最后问的一些问题，如果还能活一天、一周或者一个月，还要听哪个乐队的演出？还要向谁表达爱意？还想达成什么未了之愿？还有哪家异国的咖啡店，值得你前去一尝？还想写本什么样的书？这些问题问得都没错，但是它们串联在一起的时候，有一种杂志的味道，是搭配着漂亮插图的小资感伤，是生活还不错之上的更多一点满足。

为什么本只有在"最后一周"时才尝试突围呢？难道当生活的尺度是几十年时，自由就不重要？或者说保守主义的效益更好一点？电影中的有一句台词像是无心，却说出了一点背后的道理：当本在旅途中住进了一套豪华的总统套房时，画外音说："不用存养老金也是有好处的。"自由非常美好，但自由的成本也很高，一个人年青的时候可以风餐露宿，但多数人不能选择老年时还流落街头，年青的时候可以和途中相识的陌生女人春风一度，但多数人不能选择老年人时孤单一人。第欧根尼式的自由主义者，只要阳光能照在身上，别无所求。但本这么一个中产阶级的孩子，保守主义在他身上的最鲜明的烙印，是他不仅仅需要"梦想"，还需要"梦想的实现"，他的价值观挣扎不出现实的肯定，当要面对"最后一周"后的无限空虚时，他并没有能力与勇气直面死亡，还是在生活中找出点小意义来作为生存的安慰。

这是本在尝试学习反抗后，又最终回归的原因。死亡像是当头一棒，让最懵懵懂懂的人也开始反思自己的生活，反思这些是不是自己想要的，或者说生命必需的：比如婚姻，比如工作，比如一眼看得到尽头的、和父亲一样的安定舒适的生活。但不是一个想反抗时，他就马上能走到自己的反面去开始一场革命，反抗是一种能力，驯养了的动物，没法立刻回归自然。本对生活的质疑，是从质疑他人开始的，比如父母，比如未婚妻，但是终其全片，他也没能做到质疑自我，去寻找自己身上的问题。电影中有这么个段落：本在山林中迷路，遇到一个清秀质朴的文艺女青年，他和她很自然地在一起亲吻做爱了。这个小事件本身拍得挺自然，但之前却有一段描述本对未婚妻的不满的一组镜头，包括吃东西发出声音什么的。自己出轨下还需要先找出别人的不是来？这种心态可真是幼稚。

在这部电影里，本对自身的状态没有一个真正的反省意识，而导演对本的状态也没有一个真正的反省意识。电影的男声画外音是一个全知全能的视角，但没有为电影提供一个不同的价值观向度，增加电影的尖锐性或者说含混性。整个电影从叙事结构到视觉风格来说，都是一样的循规蹈矩，只是这种循规蹈矩因为其真诚，没有陷入陈腐，而还能让人感受到一种真正温良的气息。是一个真正的好孩子的故事，他能走多远，他能做到什么给自己一个交代，他那么一点未泯的灵性和这点灵性的有限度，都能给其他的好孩子们以切实的对照。他走得很远，但他没有越过自己的边界。边界之内的风光，边界之内的慰藉，边界之内的小意义，这是《最后一周》带给观众的一段安全旅程。

七七，
十月。

第五辑　惊惧

纯洁与罪孽

TT：

前一阵子有空闲的时候，看了好几本亨利·詹姆斯的书，《黛西·米勒》《一位女士的肖像》《螺丝在拧紧》，等等。亨利·詹姆斯的小说优雅从容，特别能纯粹从文字情调上来欣赏，但优雅从容对于小说来说又不见得是好事——有哪个顶尖的小说家，老巴，老托，老陀，是以优雅见长的呢？亨利·詹姆斯有一个早期作品《华盛顿广场》，模仿巴尔扎克的《欧也妮·葛朗台》，就像一个简陋的复制品，完全失去了原作的热情与同情。但是亨利·詹姆斯的成熟作品却有一种特殊的耐人寻味，他的优雅既清晰又迂回，能一针见血地陈述出某种情境与心态，又给读者自己的理解与判断留出余地。他被称为心理小说的创始人，于他而言，是既感性又理性的天资使然——使他能敏感地分析出人物心理（既有对欲念的敏感，也有对阶层，对时代风气的敏感），从而不自觉地成为现实主义与现代主义的一个中间过渡吧。亨利·詹姆斯对人物心理的侧重，还是糅在生活场景事件的描写之中,一直到卡夫卡、加缪、伍尔芙,心理状态才能成为一部作品的唯一重要的内容。

我看了《螺丝在拧紧》这个中篇,觉得很喜欢,到网上去搜看看有没有改编电影,果然有两三个与原作同名的电影,但都找不到片子看,后来有资深碟迷的朋友指点看《无罪的人》,是1961年杰克·克莱顿导演的。电影非常好,那种螺丝越拧越紧的感觉比起原作有过之无不及啊。看到妖灵妖的一个短评,说这个电影在当时票房失利,但得到许多影评人与导演的好评,特吕弗称之为"希区柯克离开英国后最好的英国电影"。

小说《螺丝在拧紧》有一个非常笨重的结构。这个故事的主体是一个年青姑娘吉登斯小姐接了个家庭教师的活,到乡下的一处大庄园中去教管两个孩子,她的雇主是这两个孩子的叔叔,他是个非常英俊有礼的绅士,但提出的条件是:任何事情都自己解决,不要去烦他。到了布莱庄园,一开始一切都很好,优美的风光,气派的房屋,管家格罗斯太太也好相处。两个孩子,小的一个是女孩弗洛拉,大的一个是男孩小迈尔斯,都是聪明可爱的孩子。但是吉登斯小姐在庄园里慢慢发现了一些可怕的事情:前任家庭教师杰塞尔小姐与男仆昆特的鬼魂还在这个庄园中出没,并且给了孩子们邪恶的影响。吉登斯小姐心力交瘁地要与这两个鬼魂斗争……在小说里,故事主体的叙述者是吉登斯小姐本人,这是与电影有很大不同的地方,因为电影基本上是一个全知视角,穿插着吉登斯小姐的主观镜头。

小说中,吉登斯小姐的故事见于她自己所写的一份手稿,而这份手稿又是通过一位道格拉斯先生在朋友聚会中朗读给朋友听的。其时,吉登斯小姐已经去世了,而道格拉斯先生是在自己读三一学院时认识的她,她比他年长十岁,当时是她妹妹的家庭教师。——关于在朋友聚会中道格拉斯先生如何想到了吉登斯小姐,又委托邮车送来了手稿,交代了这份手稿的背景,以及别人对他与吉登斯小姐关系的猜测,是这个小说的引言部分。这个"引言"非常之长,中译本占了九页。TT,我在想亨利·詹姆斯为什么要为一个故事戴一个如此沉重的帽子呢?当时的年轻人,现在的中年人道格拉斯为这个故事带来了一些混杂的情绪:迷恋、理解、同情。虽然在陈述故事背景时,道格拉斯先生提到的每个人都是"好人",但又确确实实,"不可思议的邪恶、恐怖和痛苦"发生了。

显然电影无法负载这样一个效率低下的套层结构,电影的开头设计得非常空灵:黑屏,一个纤细忧伤的女声唱着一支歌:

我和我的爱人躺着/在垂柳下/但现在只有我一个人/在柳树旁哭泣

唱着:哦,柳树/在陪我哭泣的柳树旁/唱着:哦,柳树/直到我的爱人回到我身边

> 我和我的爱人躺着/在垂柳下/哦，柳树，我要死去/哦，柳树，我要死去

这支歌谈不上与情节的关系有多密切，但凄婉至极，一下子给出一个极大的想象空间。一分钟的黑屏之后，才是20世纪福克斯的厂标出来。然后电影很快介绍了吉登斯小姐要去布莱庄园当家庭教师的背景与条件。这份工作意味着重大的责任与巨大的孤独，然而吉登斯小姐却应承了下来，因为她爱上了孩子们的叔叔，从而无法拒绝他的请求？电影里这一段情节很短，但是这个强大、富有、彬彬有礼的绅士显然在年青的女家庭教师前完全地占了上风，他站着，她坐着，在镜头角度的对照中，她完全听从了他的安排，而他的安排是：不要再来找他。这句话的针对对象既是小兄妹，又是吉登斯小姐本人。

她的爱欲还来不及萌芽就被彻底地压抑了。这是这个恐怖故事的前提。在布莱庄园，受阻的欲望让她的世界分裂为两个部分——一个纯洁的部分与一个罪孽的部分，纯洁的部分是弗洛拉和小迈尔斯，罪孽的部分是昆特先生与杰塞尔小姐，她的目的在于保护纯洁的孩子，但她的行动是在迫害孩子，她在想象中创造了罪孽的鬼魂，但她实际上也成了罪孽的一部分。

在小说里，吉登斯小姐的叙述像是水面，底下藏着无数暗礁，读者在她的自述与自辩里寻找可能的真相；在电影里，那些暗礁浮出

了水面，人物们都自己呈现出来，形成了对吉登斯小姐的直接的反驳。但无论小说或电影，都有最重要的一点：暧昧性。在想象与现实之间，在纯洁与罪孽之间，乃至在孩子与成年人之间，界限都是不明晰的。罪孽引诱着纯洁，但纯洁也在向罪孽靠拢，它们是人性的一体两面。而在普遍的人性里，又还隐藏着社会的阶层的因素，吉登斯小姐有对男主人的无法实现的欲念，但她却把前任杰塞尔小姐与男仆昆特的性关系视为罪恶，她的欲念越强烈，她的道德感大概也越强烈，但试图用自身的道德感来束缚自身的欲念，只能使她沉湎于想象不能自拔，使她成为一个现实中的猜疑的暴君。但小迈尔斯只是一个天真的孩子，被她的想象给涂染得怪异？还是他真的被昆特附体？还是这个早熟的孩子已经知晓一切？——这是这个电影不给出回答的终极疑问。

TT，电影中有一个吉登斯小姐与小迈尔斯的诡异的吻，这个吻是原作中没有的，但在电影中特意强调。将孩子与暗指的性欲相联系，的确挑战了观众的接受底线，这个电影当时票房失败也不足为奇了。但电影对小说的情境与情调都有高度还原，而且在空间的处理上比起小说更为引人入胜。小说里介绍吉登斯小姐来到布莱庄园，写法平铺直叙："我记得最令人高兴的是那府邸的宽敞干净的正面，它的一扇扇敞开的窗户，清洁的窗帘，还有两个女仆隔窗向外眺望。"电影中则让吉登斯小姐早点儿就下了马车步行前来，她先经过了一个小湖，看到湖畔优美的六角小亭,她在这里认识了弗洛拉,接着往前走,小湖被抛在前景,展现出后景连绵的大宅,高高的角楼。对于电影来说,这样的剪辑显得更有变化,更有效率。

在所有的恐怖电影里,在心理上诱导观众误入歧途,然后又展现"真相"让人震惊都是最基本的范式。但是《无罪的人》却是没有真相的,它只留下一团让人很不舒畅的感受,既没有什么暴力色情场景让人宣泄情绪,也没有什么温情结局宽慰人心,从这个意义上说,它真是一个非常"艺术"的类型片。亨利·詹姆斯的心理分析让我特别喜欢的一点还在于,他是一个"前弗洛伊德"的小说家(他的生卒年都比弗洛伊德早些),因此心理分析没有陷入模式与框架,而有一种清新气息。

你也去找来看看吧,片头的那个小曲,可与弗里茨·朗的《M就是凶手》里的小曲媲美啊。

七七,
十月。

诺兰的莫比乌斯环

TT：

　　夏天虽然非常炎热，却是一年之中空气最好的季节，晚上时坐在阳台上吹吹风，看深蓝的夜空中月亮正圆，月光明澈，有时一朵云过来遮住它，就被照得透亮，是一朵银色的云，而云是不停改变形状的，刚刚觉得它像是什么，它又马上变换了样子。有闲情看月亮时大概也是很容易想到往事的，我忽然想到六岁的时候上幼儿园，有次所有的小朋友都走了，只有我没走，老师没有发现，我就被一个人锁在教室里。我只记得什么呢？我只记得我一个人待着，开始时并没有害怕，甚至也没有去摇门。我就是待在教室里，那是80年代初一个很不正规的幼儿园，桌椅不是专门为儿童设计的，我个子很小，坐在中间，像是在木条木板的小森林里一样。

　　在我的回忆里，既没有惊恐，也没有哭喊。似乎还记得老师和同学们排队站在教室里的样子，但不知道什么时候他们就消失了。——这是我自己确认过的记忆，觉得这是我的"真实的"记忆，但妈妈告诉我,我没回家大家都急坏了,到学校找时听到小女孩在教室里哭的声音还发现我被锁在里头了,而我被锁在里头是因为有个小男孩欺负我,他不让我排在队里,因此没有跟着大家出去。——这些应当也是"真实的",是妈妈当时发现的状况吧。但是我把这些事情都完全忘了,在我的记忆里,既没有一个小男孩,也没有哭,我只记得自己一个人待在空旷的教室里,很安静的感觉。

记忆是选择性的?它过滤了什么?留下来的是"真实"的吗?还是也经过了自己的描写?"我"是由所有关于"我"的记忆组成的,而记忆真靠得住吗?TT,忽然和你聊起这些往事,是因为今天又把克里斯托弗·诺兰的《追随》找来看了一遍。我先是看了《盗梦空间》,然后回头去看《记忆碎片》,最后看的《追随》,然而最让我喜欢的却是诺兰1998年的这部长片处女作。当沿着诺兰的道路往回走时,不是看到一个未成熟的、有缺陷的诺兰,而发现他其实是一出手就很完美的,这种美里包含着的诗意,却是在后来的大制作里很难保持的。

这个电影有个非常文艺的嵌套式结构,是一个年青男人,比尔,在面对警察时的供述,但这个供述的场景不严峻,主人公是用一种温和的、思索的口气开始的:"以下我的辩白,或者是我的陈述……"因此,他进入的是一段内心之旅,长长的倾诉,那么以下所有的内容都是他的回忆吗?其中当然有未出现他的场景,但那场景是不是也只是他的想象？在这些回忆里，真实的成分有多少？哪里经过了修改？这种修改是自觉的吗？这些都是未明的。而诺兰为比尔设置的身份本就是"作家"，或者"希望成为作家"，在这个结构里，比尔提供的是一个故事，而警察提供了现实：一个女人死了，一个酒吧里的男人为羊角锤所伤，证据完全指向比尔杀人，但比尔是陷入了一个真实的陷阱，还是这个陷阱只是他自己编织出来的？因为编织这个复杂的陷阱并无助于他在现实中脱罪，那么他在编这个陷阱时并不自觉，是落入了自己幻觉的旋涡？

TT，我翻了翻豆瓣上的评论，观众在这个点上分歧很大，有人觉得比尔落进了真实的陷阱，有人觉得比尔精神分裂，在幻想中创造了一个人物。各自都能举出细节来证明自己的论断，但谁能最终论断呢？其实只有导演，而导演的目的就在于在将"人"这个本体，放在一个"无法自证"的境地上，在这个境地上，这个一开始很平静的比尔陷入了恐慌，而观众则陷入了虚无。恐慌感倒是可以克服的，如果人足够强大，强大到《盗梦空间》那种程度，可以修改头脑中的程序，但虚无感却更根深蒂固了，陀螺什么时候才能停止旋转呢？世界建立在知觉的基础上，它永远是一个镜像。

这种嵌套式的结构在《盗梦空间》中被发挥得登峰造极，但是诺兰的伟大之处不止于用纸条做一个环来探讨主客观世界的边界问题，外在的客观世界与内在的主观世界的区分，他用纸条做了一个莫比乌斯环——一张纸条的一端扭转180度与另一端相连接，于是得到一个单侧的、不可定向的圆环。莫比乌斯环的有趣之处在于，它没有正面与背面的区分，如果裁其中一小个平面出来，从这个平面上的点出发，比如找一只小蚂蚁沿着这莫比乌斯环上的一条直线爬，发现它爬了一圈之后，就到这个小平面的背面去了，然后它再沿着爬一圈，又回到这个小平面的正面来了。对于整个莫比乌斯环来说，它没有面的区分，可是如果电影中的比尔是那只小蚂蚁，原来以为自己在一个平面的这一面，绕了一圈却到了起点的反面时，必定有一种困惑的心情吧。

TT，这大概是把诺兰的"追随"抽象出来的模型，电影具体情节是：落魄艺术家比尔孤独感无处排遣，他无法在日常生活中建立起与他人之间的联系，于是产生了一个跟踪、观察陌生人的癖好，本来他为自己制定了规则，比如不跟踪特定的人，不再次跟踪同一个人，那么这种跟踪就有一种哲学的意味，不使某种具体性产生意义。但他又自己破坏了规则，他跟踪了两个人，一个是衣冠楚楚的，显然在处境与精神上都比他更强势的人，另一个是漂亮女人，他有她的照片，然后去跟踪她。被跟踪的男人柯布发现了比尔，并把他发展为自己的拍档，他常常偷偷到别人家里去，但不只是为了偷东西，而且还喜欢从家居陈设里判断主人的状态，喜欢找到藏着主人往事和隐私的盒子，他甚至还会在房子里喝一杯，设计一些扰乱生活的小细节（把女内裤放到男主人的裤袋里去）。事情上，这种举动与比尔的癖好别无二致，比尔想当一个作家，想了解他人的生活与内心世界，推衍开去，就是一个孤独的人想理解这个世界，从而不是这个世界中一个弱小的个体。而柯布用他的行动在做同样的事。

这两个人一拍即合，在楼顶救生梯的顶端柯布发表他的世界观与方法论时，摄影用了鲜明的仰角度拍柯布，俯角度拍比尔，比尔显然敬仰他的这个志同道合的朋友的行动力，他带着柯布潜入自己的家，柯布带他潜入一个女人的家，并且偷走了一些东西，包括照片。但是当比尔继续保持着对这个女人的兴趣，他跟踪她，与她搭讪，把她带回自己家，也跟她一起回家时，事情像是屏风一折，转到了另一个层面：柯布与他结交是有目的性的，他有杀了一个老妇人的嫌疑，为了脱嫌，才与女人设下圈套，让比尔成了他的替身，成了嫌疑人。但事情到这里还没完，屏风又转了一折，其实老妇人的死也是柯布捏造的，他真正的目的是杀了女人，并嫁祸到比尔的身上。

这个说起来非常复杂的故事展现了诺兰在商业类型片上的才华，暴力，悬疑，这些元素他都用得很好。但是电影是不是走到这里走到终点了呢？柯布这个人到底是真是幻，这个陷阱是一个柯布的人给比尔挖下的，还是比尔自己想象出这个陷阱，这才是最后的疑问吧。但抛开哲学问题与叙事问题，诺兰同时还在电影语言的层面上让人惊艳。这个电影是黑白片，成本很低，只有几个主要场景，比尔的家

（用的是这个演员自己的住处），女人的家（导演爸妈的住处），他们头一个合伙进入的住处，住处楼顶的小天台，再就是一个小酒吧，但这些简单场景却给这个电影足够的丰富性和灵活性，也给人物心理提供了现实前提。比尔的孤独感，受挫感，他想体会更有品位的阶层的生活方式，他需要钱，还有一个漂亮的女人。这些东西是在这个看上去像蕾丝一样轻盈、复杂的电影背后的对现实的洞察，还有嘲讽。诺兰不只是一个优秀的商业片导演，在于他的基础是对世界的拓扑学式的理解与社会的批判意识。

在《追随》开头的部分，有一段比尔很文学的发言，他说他的目光在人群中扫过，然后锁定其中一个人，他想，这个人是怎样的一个人，他想了解，想让他变得鲜活起来。画面中是柯布走在人群中，回过头，与镜头对视，如果这个镜头算是比尔的主观镜头的话，那就是与比尔对视，你想了解我？你了解自己吗？还是你想了解的这个我就是你自己？这个追随的场景、街道、人群，一会被遮住一会又出现的你想追随的人，在清灵的钢琴声中，是非常优美的一段场景。黑白、光影、声画构成了动人的节奏，有一种诗意，一种不确定的诗意。

七七，
八月。

温暖的恐怖片

TT：

前段时间情绪很低迷，就找了好些恐怖片来看，提提神。我喜欢看的恐怖片，不是特别画面血腥暴力的那种，倒不是因为害怕，任何画面，只要确定是"假"的，我都不大害怕。虽然生理的恶心恐惧的阈值也不是太高，比方《下水道人鱼》这样的电影，看完后身心都难受了一两天。但一个剧情片，归根到底是"虚构作品"，那些惨酷的事情并没有真正发生，对于作者来说，是人性中类似于"暴露狂"的那一面的呈现，对于观众，则类似于偷窥癖。这些对人性的黑暗面的暴露与偷窥都有内在而深刻的心理动因，在没有电影的年代里，也永远有萨德伯爵这样的人写各种很黄很暴力的作品私下流传。TT，对我来说，文艺作品是一个平行世界，在那里可以像潜水一样潜得更深更远，但如果是一个纪录片甚至只是一则新闻，那是很难直面的，——这个世界"真的"有这些事，是真实的人受到真实的伤害，给人的刺激是完全不一样的。我希望暴戾的人性能在文艺中得以化解，但当然也可能某些作品扩发与扩散了戾意。在虚构与非虚构之间的界限，有时并不那么清晰。自己给自己设置的"假的可以欣赏，真的难以面对"的规则，其实也是一条脆弱的规则吧。

这些都是在看恐怖片时自己的一些胡思乱想。不过最近看的两个很好的恐怖片，都不是视觉刺激型的，而是心理暗示型的。或者叫"惊悚片"更确切一点。视觉刺激引发的生理感受是恶心，心理暗示引发的生理感受是战栗。往往与日常生活十分接近的一些细节能引发特别强烈的恐惧心理，因为是每个人都可能遇到的？我看的两个电影，《小岛惊魂》与《孤堡惊情》，都是家庭题材的，都以强烈的母爱为情节推动力，两个电影在场景设置、氛围营造、情绪引导上，都有很接近的地方——谈电影要一点都不剧透是很难的，但剧透了又一点意思都没了。所以，你要是还没看过这两个电影，还是看过再来看我的信吧。

这两个电影都拍得很精致（这是我对大陆与港产的恐怖片都提不起兴致的原因，场景啊情节都实在太粗糙了，有时简直没有一个从业者对自己行业的尊敬），先设置了一个封闭环境，《小岛惊魂》是岛上的一座府邸，《孤堡惊情》则是海边的一个孤儿院，也是一座精美的大宅。大海、庭院、建筑，这些景象都带有资产阶级趣味，这种趣味不是电影情节的组成部分，但是对于电影的质感有帮助，从商业电影的角度来说，这两个电影都在形式的层面上，都有一种风格与质感的优越感，就像是一个爱玛仕包包一样。——TT，我这么说的时候，并没有攻击资产阶级趣味的意思（好像我自己有点首鼠两端，在社会问题上偏左，在趣味审美上偏右），任何趣味都有其局限性，但精致的、和谐的，对某种趣味的把握是需要修养和眼光的，而当在电影里，一种趣味是以不带批判的方式呈现出来的话，那么电影中的基本价值观是与之关联共振的。

如果是一个艺术电影，比如布努艾尔拍的，或者贝托鲁奇，电影中也有对资产阶级生活场景的铺陈，但很快破坏就会来临，他们要揭示的是这一阶层的人性与人际关系的问题，但像《小岛惊魂》或者《孤堡惊情》这样的电影，看一小会儿，就会对这个电影的结局有点信心：因为出现的女主角显得比较善良，而且对孩子充满爱。——商业电影必须遵循主流的价值观，而在主流价值观里，家庭与母爱是居于最重要的基础位置的，不太可能在一个商业电影中受到质疑。两个女主角虽然稍显神经质，但不太可能在片子中大反转成坏人吧？因此，一个有经验的观众，在看这样的电影时，会有一种起码的安心。

TT，可这种情况又是恐怖电影最讨厌的了——观众怎么能安心呢？因此，家庭中出现"入侵者"，成为电影的第一个悬念。在《小岛惊魂》里，妮可·基德曼扮演的女主角带着两个畏光的孩子住在家里，丈夫参军未回。先是家里来了三个仆人，接着女儿又一直说在家里见到另一个小男孩，还有其他人。家里出现种种怪事：钢琴盖被打开,窗帘消失,听到哭声……总之像是"闹鬼"。于是观众就要一直跟着女主角,去研究家里的怪事是怎么发生的,女主角自己的惝惚迷离的状态又是怎么回事。从编剧的角度来说,题目其实是已经编好的,但他要一部分一部分地漏给观众,同时保持这道题对观众的吸引力,当然,节奏恰当的"惊吓"是吸引力的重要部分。

这个电影的结局是很感人的。一个人做了错事,失去了这个世界后,不能够相信这个事情真的发生了,于是希望有另一种可能性,并且去营造另一种可能性。这种心理人人都是能共鸣的吧,于是最后女主角完全可以得到大家的理解,并且希望她带着孩子们继续安宁地生活下去。电影中的翻转段落翻得很轻捷,观众在"恍然大悟"的时候产生的不是受骗感,而是一种放松感,如释重负感。这也是在惊悚片里比较难以达到的效果。而《孤堡惊情》我觉得比《小岛惊魂》还要更高明一些。因为这个电影不借助最后的一个大翻转后,而是翻转之后,还保留了电影的双重可阐释性。就好比翻袜子,《小岛惊魂》是从反面转到正面——原来应当穿这边,而《孤堡惊情》呢,翻过来,居然是两面都能穿的哦!

这个电影是个西语片。一开头是孤儿院里的孩子们在玩游戏,"一二三,木头人",小女孩劳拉一次次回过头去,小伙伴们慢慢走近她,悄悄地,在她数数时一拍肩头,然后四散跑去,她要把他们抓住。然后劳拉长大了,她带着丈夫和孩子西蒙回到这里,并且想多收养一些孩子，纪念她的童年。然后也一样的，出现了"入侵者"，西蒙能感受到这里有很多小伙伴，一起游戏，然后他就失踪了。劳拉想尽办法寻找孩子，警察局，通灵者，最后她在"卡洛斯的房间"里终于找到了西蒙。——结局，可以说是很悲痛的，但也可以说是非常温暖的。这个电影最好的地方就在于，细节的设计都是对称性的，像镜像一样可以互相观照，从这个世界与那个世界的逻辑都说得通整个故事，而且这个小游戏的设置——"一二三，木头人"的设计，"找宝藏"的设计，都十分优美。电影开始的时候西蒙在读《小飞侠》，他问妈妈一个问题："温蒂老了还能去无忧岛吗？"最后劳拉，长大了年老了的温蒂，最后也去了无忧岛，和孩子们永远在一起。这个电影的内里其实是有残酷很伤痛的东西，但是都克制住了，让爱与天真，成为最重要的东西。

母亲最痛苦的事情，是失去孩子，而最最痛苦的事情，是凶手可能是自己。这种痛悔，这种恐惧，是这两个电影所取的共同角度。电影的情节是从这种痛悔里，因为母爱的强大，又给出一种超越生死的可能。TT，这种可能性，即便是个无神论者，无灵论者，也乐见其成的吧。

秋安，

七七。

现代空间中的惊悚片

TT：

上回给你写信的时候，说到两部结局不乏温情的惊悚片，最近我还在这个新爱好的道路上继续前进，并且有了点心得。——在惊悚片里，最表层的吸引观众的东西是情节和画面，情节必须得出人意料又自圆其说，画面必须得血腥可怕又处在看得下去的边缘，这两者是用来提供智力刺激与感官刺激的。然而内在的，让惊悚片有点格调的，是自觉的时间感与空间感。在惊悚片里，时间是与死亡或马上要面临的死亡相联系的，在有限时间里进行情节翻转是一件技术活，这种翻转的强度会越来越大，像是把一首曲子一步步推向华彩段落。节奏、对位、和声，把惊悚片当作一首曲子去听，也是很有趣的一件事。而空间呢——惊悚片常常借助于一个封闭空间，这个封闭空间的内部关系，流通的，隔断的，是与电影角色与电影观众的心理状态密切相关的，而空间本身是有风格的，它与电影的风格形成了直接的共振。

《小岛惊魂》中的大宅是乔治式的，配合电影的二战背景，有着对贵族生活的缅怀，尼可·基德曼演的女主角是一丝不苟的淑女风格，电影中鬼魂赶走了住客，在小岛上继续着往日生活，虽然电影的最后一幕，从外立面看，藤蔓爬上了山墙，房子旧了，破了，和着一个逝去的时代，但是在里面，也许鬼魂们还是把地板擦洗得一尘不染，家具优雅漂亮，壁画色泽鲜艳，那开阔的音乐室，钢琴还能传出悠扬的琴声呢。这座房子连着它那芳草萋萋、白雾迷迷的庭院，都让人不想让它被现代生活进驻呢。而《孤堡惊情》里的房子是哥特式的，最典型的是那个地下密室。曾经的孤儿院被回来的女主角改造成一座豪华的私邸，门厅里被放进了现代风格的沙发，厨房、餐厅，也都进行了功能性改造。但这座房子看起来还是——阴森森的，不宜居。这种房子太适合放在图片里了，特别是在海岸边，衬着黯黯暮色，衬着刚刚亮灯的灯塔。然而对于一个现代人的小家庭，它太大，太高，它的气场太大，这么几个人的人气压不住。

这两座房子都是前现代的，奇怪的是，前现代的房子与故事里安得下一颗温暖的核心。故事虽然很可怕，落脚点却都在爱与不离不弃的陪伴上。而在现代风格的住宅里发生的故事，却是把人性往更黑暗、更寒冷的地方发掘。

TT，我先想到的是《水果硬糖》。这是一部"less than more"的极简主义的电影，场景与人物都非常简单。电影的主要场景是一座远离市区的现代主义风格住宅，但不是孤立的，还是有邻居的。在柯布西耶为现代主义建筑奠基的时代,他有与建筑相联系的一系列社会与生活如何运行的相关理念——事实上,现代城市建筑大同小异地成长起来,全球一体,不论是公共建筑还是公寓楼都有极大的相近性,区别在于,对现代建筑的功能与美学理解是深刻细致的还是肤浅粗糙的,是否在材料与技术上有自觉的责任感。西方的现代主义建筑的杰作里有对"现代"的理解与创造,而第三世界国家的仿作往往成了毫无灵魂与质量的"现代化"产物。这是题外话啦,只是对中国城市建设中毫无自觉思考就盖起来的房子表示一下郁闷而已——而且房子是这样的东西,盖起来了,难看了,就一天到晚挡在眼前,想看不到都绕不开——别的地方也一样难看。

虽然现代主义建筑是以"大众"为建筑思考的起点的,是工业时代的产物,然而现代主义建筑里最雅致的那部分,却肯定是个人住宅而不是集体住宅,密斯·凡·德罗的林中玻璃房是个最典型的个案。而《水果硬糖》中的房子就是这类房子中的一个:立面是精确的几何分割,别无装饰,玻璃成为重要的建材——与外界达成最不隔绝的最终隔绝。而内部空间是为个人准备的,无论是书房、起居室还是卧室,都在极简中带有一种不通融的个人主义。他人只是客人。房子的主人是一个独立摄影师,这个他的"一个人的房子"显得过度简单,过度干净。然而正是这个一览无余的表象之下,藏着许多罪恶的证据,复仇萝莉把这些证据都找了出来,它们都躲在一个个平面之下:

镜框里、地砖里。TT,这让我感到,一个删繁就简到极致的美学风格是不是具有一种压迫感?使人的内心也几何化而容不下细节的混乱与丰富?他把内在色情与暴力隐藏在洁净的精英外表之下,是不是因为内在的欲望不能有更自然的表达方式,以至于累积到一种非人性、反人性的程度?

几年前初看《水果硬糖》时,我特别喜欢这个片子里的这座房子,然后现在回想起来却一点也不喜欢了。这个房子像一个样板房,看上去很高级,很成功,但它没有生活细节,没有一个人的内心流露,他的爱好,他的缺点。一个什么不流露的房子与一个什么都不流露的人一样可怕,或者是空虚的,或者隐藏着黑暗的秘密。TT,这么说起来,电影的布景师还是很成功的啊。

而最近看的一个片子是《孤儿怨》,讲一个中产阶级家庭领养了一个孩子,而这个貌似天真无邪、才华横溢的孩子摧毁了这个家的故事。他们住的是一幢现代风格的别墅,离市区有一段距离,旁边有树林,有池塘。这座房子比起《水果硬糖》里的有人气多了,是为有两三个孩子的家庭准备的。楼下是公共空间、厨房、餐厅、起居室,阅读兼游戏区,楼上是大人孩子的卧室,楼梯转角的地方有个钢琴区。户外还有一个养花的暖房,男孩有个树屋。电影对空间利用得非常充分——当然这个空间可能是根据剧本需要安排出来的,每个地方都有贴切的情节。

在这么个生活优裕的大房子里,每个人却都不快乐,父母尽力表达对孩子的爱,但是却没有真正关心到孩子的需求,而夫妇之间,父母与孩子之间,都有巨大的不信任的鸿沟。孤儿的到来只是一根导火索,电影中的女主人公以为只要再引进一个小孩,就能解决婚姻问题,家庭问题,然而如果内部的问题是如此之大的话,不是一个善意的表象所能解决的,反而是带进了深重的恶意。

这座房子从外观上看,是混凝土与木材的混合建筑,立面上有横窗,这都是现代主义建筑试图跟自然相谐调同时又保留一些设计感的惯用手法。比起前面说的那种古旧的哥特式建筑,它无疑是宜居的,并且在宜居的层面上做了周全的考虑:一层的公共空间是完全打通的,是个流动的空间,每个成员都可以在这个空间做各自的事情,感受到他人的存在而又不受干扰。——这当然是很人性化的设计。然而再人性化的设计,也无补于内心与生活本身的巨大裂隙,中产阶级的内心危机,道德的与感情的,不是房子的设计所能改变的。还在于有足够耀眼的外表、教育程度、财产之后,还能够保持忠实朴实的生活与感情状态呢?这是所有那些谈中产阶级的电影面对的共同问题吧。

冬安。

七七,

十一月。

为谋杀犯辩护

TT：

　　人总会有一些时候觉得茫然、烦闷、欲振乏力吧？TT，常常在这种时候，我就会在豆瓣电影分类中找惊悚类、悬疑类电影来看，于是昨天就看了一部比利·怀尔德拍于1956年的老电影，叫《控方证人》。

　　这个电影让我吃惊的是，它的评分是9.5分，比《日落大道》和《公寓春光》的分数还来得高。看完电影后，我觉得这个电影不是没有瑕疵的，它稍微有一点头重脚轻，结尾打开包袱的那部分有点太快，"反转"的那部分，是坏人自己暴露的，这个技术含量不够高，甚至它还有些部分显得做作，部分与部分之间有些杂糅——那么它是哪里特别地讨人喜欢了呢？

　　这个电影的原著作者是声名赫赫的阿加莎·克里斯蒂，故事也是最平常的"客厅里的谋杀案"，一位有钱的寡妇被杀死在自己家的客厅里。凶手似乎显而易见，就是常来探访她的一位潦倒的男人沃尔——想从她这里弄来一笔投资，推广他的打蛋机。这个男人虽然没有固定工作，但他长相英俊，风度翩翩，不但很能讨女人欢心，而且也能让男人认同。这样的男人，适合生在乱世，二战中他在德国，物质十分匮乏的时候还能从包里一样样地变出香烟、口香糖、咖啡，但到战后回国时，却找不到自己的位置了，他的才能都是"偏才"，是半搭子的发明家、心理学家，乃至表演艺术家，但是他缺乏安身立命的才能和努力，更谈不上什么责任感和道德感。简单地说，他就是个坏男人，但女人往往被坏男人的幽默、体贴、甜言蜜语给迷昏了头，不但是笨女人，往往聪明的女人也一样上当，这真是件怪事。

比利·怀尔德拍过几个极为经典的黑色电影，《双重赔偿》《倒扣的王牌》《失去的周末》，都拍了人性中黑暗的一面，拍出了"负能量"的可怕的强大，如果《控方证人》也以沃尔为主人公，大概拍出的也是一个典型的黑色电影，但《控方证人》却是在一个喜剧气氛中开始的，它的主人公不是坏人，而是一个坏脾气的好人，律师威尔弗雷德爵士。电影有非常明显的段落结构：第一大段是从医院回到律所的威尔弗雷德爵士，基本上用来描写律师的性格，精英阶层，我行我素，有极强的洞察力，毫不掩饰的对普通人的蔑视，但热爱工作，对法律有坚定的信念。威尔弗雷德爵士与古老的、庄严典雅的法院，与审判前法官大声宣布的"为在女王座前伸张正义，伦敦中央刑事法庭谨享有审理、判决和收监的权力"，与他的假发套非常协调，他来自一个秩序与道德井然的世界，传统贵族转型为专业人士，他的专业水平与人格魅力折服身边所有的人。于是这个电影有一个非常稳定的价值观框架，而且是一个喜剧性的框架，英式喜剧的特点是对人对己都极为毒舌，这种毒舌巧妙地结合了优越感和自嘲，它建立在一种含而不露的强势文化上。像威尔弗雷德这样的人物性格，在英剧里是一个悠久的传统，比方现在《神探夏洛克》里的卷福，他们的恶毒评论与任性举止只是平添了天才的风采。

阿加莎·克里斯蒂长于编织人物关系，在对人情世故的洞察中发现动机，这种老派的侦探小说最让人安心的地方是：至少谋杀总是有动机的，而越来越多当代的悬疑惊悚片里出现的都是连环杀手，因为一个童年阴影就犯下一连串惨无人道的罪行，通俗点的比如《链锯杀人狂》，文艺点的比如柯恩兄弟拍的《老无所依》。逻辑性是个很重要的东西，有逻辑的谋杀比起毫无逻辑的谋杀，相对来说总让人感觉踏实一点。阿加莎·克里斯蒂的小说让人看得很紧张，但紧张完了最后总是能松一口气，她有简洁明快的对人物的社会阶层、性格特点、感情状态的分析，这些对世事人情的洞察是真相大白的关键，而这一点在电影里得到了很好的强化。

在花了相当长的篇幅介绍阿尔弗雷德先生，并且为观众营造出一个其乐融融的事务所环境后，故事在电影开始十分钟之后才算进入正轨：犯罪嫌疑人沃尔先生出场，老律师决定为他辩护。他的不在场证明只有妻子能提供，而妻子提供的证据是薄弱无力的。而这位沃尔太太——一直到半小时后才出场，她的出场才真正把一个属于黑色电影的浓雾带进了这部电影。这部电影的场景不多，除了事务所和法院，关于有钱的寡妇的场景有帽店、影院和她安逸阔绰的家，关于沃尔太太的则是战争结束时的柏林、混乱的小酒吧与天花板马上要倒塌的临时住所。有钱的寡妇过着无聊的生活，英俊的沃尔先生正好可以乘虚而入，一边俘获了她的感情，一边让她把遗产都留给了自己——这是最俗滥的情节，连黑色都谈不上，只是虚荣、残忍与欲望混合的灰色。克莉丝汀·沃尔的故事才真正是黑色的：她的道德感也并不强烈，在生存面前，她愿意出卖她的色相，也可以抛弃她的前夫，她跟着沃尔离开了战后艰难的德国来到英国，但是却真爱上了这个不值得她爱的男人——她是把爱放在道德之上的女人，而他是既无道德也无爱的男人。

比利·怀尔德对玛琳·黛德丽出演的克莉丝汀有显而易见的欣赏，她冷淡、冷酷，她可以为了爱撒谎，作伪证，也因为爱的破产而杀了负心人。导演把这种欣赏给了老律师威尔弗雷德先生，在围绕着他，仰望着他的人之外，他总算看到了一个能与他分庭抗礼的人，不唠唠叨叨，不一惊一乍，她坚强、聪明、冷静——这些为她的美貌加上了只属于她的性感。她把自己放在控方证人的位置上，牺牲自己的名誉来换取陪审团对丈夫的认可和同情。她甚至战胜了老律师,但当她发现丈夫已经另寻新欢时,用一把裁纸刀利落地捅进了要害——旁人惊呼"她杀了他"时,老律师说:"她处决了他。"电影的结尾是:他要为她辩护。

克莉丝汀的故事能撑得起一个黑色电影,但和纯粹的黑色电影还有不同:在浓黑之中,她像飞蛾扑火一样冲着一点爱的亮光而去。老律师既对她有一种惺惺相惜,因为她是那种无所谓世俗礼法的人,也因为她的美、她的爱都那么独特,那么炫目吧。玛琳·黛德丽在演这个电影时已经五十六岁了,但是在黑白影像里,她的轮廓和线条依然很美,就是太瘦削了,有些凌厉。她的样子不让人感觉她是一个年轻女人还是一个年老女人,而是,她就是一个女人。

TT,最后再来探讨下这部电影得分特别高的原因?我觉得在很多人评分的时候,总是那些温暖的、更正能量些的电影能得到高分。这个电影的喜剧元素和黑色元素是杂糅的,在风格上不纯粹,但是却有一种更丰富的感受,虽然克莉丝汀的爱着落得不是地方,但爱正因此而有了超越性,能够带来震动与共鸣吧?这个电影像一个巧克力,最外面一层是笑料的奶油,中间一层是黑色悬疑的巧克力,最里头却是爱的榛仁。

话虽如此,还是那种家常的、吵吵闹闹的爱更能在生活中扎根,开花结果。电影里演女护士的女演员与演老律师的男演员（他是好莱坞黄金时代很著名的演员，叫查尔斯·劳顿）在生活中是真正的夫妻，两个人之间不拌嘴不欢乐的样子很可爱。

七七，
十一月。

第六辑　近处

失落的欢宴

TT：

昨天看了一个电影,《钢的琴》,这个电影不算新片了,在国产电影里风评很好,于是去找来看。看完了还在网上翻了些评论看。有评论里提及这个电影的票房最终不好,只有400万(或说270万),这个票房确实低得与它的质量不成比例,让我为自己没有买张票去电影院看它而感到惭愧。如果是对严肃认真的国产电影创作有关注的观众,还是要提醒自己用实际行动来支持。

《钢的琴》讲一个工业城市的没落。过去的荣光消失了,工厂成了废墟,工人成了失业的城市贫民。王桂林,一个组织了个乐队在婚丧喜庆、商场促销活动中奔走的下岗工人,为了争取女儿的抚养权,召集了一班工友,要自制出一台钢琴来。当然,女儿还是跟前妻走了。与这条主线对照的副线是工厂的两个大烟囱,曾经的城市象征,也被爆破了。这个电影在题材上很容易让人联想到王兵的纪录片《铁西区》,关于一个被废弃的城区、时代、人物的一曲庄严挽歌,但《钢的琴》不走庄严的路子，就像片头是一个非常"混搭"的葬礼场面一样，主事的人不想听什么伤痛的曲子，而是要"热闹"！中国人，无论在什么情况下，都能活出热闹劲来，活出一无所有中的面子和场面。

因此，这个电影中最重要的是场面，最让人惊喜的也是场面。电影在一开始就把基调定得比较好，两个马上要离婚的夫妻在一幢小破屋前对话，全都面向观众，活像两个报幕员似的，小破屋的一边屋顶已经破了，剩个骨架，就是搭的景，像是飞不起来的破风筝。电影的色调是做旧的，因为做旧了，后来出现的残破的实景就不那么触目惊心了，带上点怀旧与温情。——因为这个故事是从现实中出来，但又是一个戏剧性很强的虚构故事，如果完全放在实景中拍，实景中产生不出这样的故事逻辑，只有把实景虚化了，把实景也戏剧化了，才能产生这样一个奇思异想的情节。

拍关于中国当代现实的电影，几乎所有的成功之作都立足于实景，比如贾樟柯的《小武》，比如李杨的《盲井》，比如宁浩的《疯狂的石头》，但并不是所有用实景的电影都能取得成功，比如王小帅的《日照重庆》、高群书的《老鱼》——处在剧变之中的中国，尽有的是触目惊心的景观，有着高度的象征性或震撼感，但能不能从景观的层面进入到社会现实的深层肌理，却需要一个有高度概括性与穿透力的电影结构，至于风格，倒是可以各展诸家之特长。贾樟柯与宁浩的处女作都展现出一种对社会现实的长期思考,这种思考使电影的诸条线索能不止在景观的表面行进,而能够产生一种纵深效果,使观众在感受上产生共鸣的同时,能够产生对现实的更深层的理解与思考。这是现实题材电影的真正的"严肃"之处,它要求观众直面现实,思考现实,而不是在现实的表面滑行,或甚至于扭头而去,粉饰,浮夸,催眠。

回到《钢的琴》这个电影,导演对现实的呈现是有亲和力的,虽然许多段落都显得稍有点小品化,互相之间的连接缺乏情节的内在动力,但是主要演员到位的表演使得电影不脱真实的地气人气,王千源把一个有小聪明也有小追求,在道德与能力上都算得上是个好男人,却把日子过得潦倒不堪的人物演得挺到位,秦海璐也适合演一个懂感情讲义气,对生活也不乏现实感的女人。因为他们的表演,那些虚实相间有时稍显生硬的场景变得有生活的质感,玩笑话也不光是"包袱",而是有生活的朴实和辛酸在里头的(比如桂林和淑娴两个人有时拌个嘴,都有各自对生活的盘算和计较)。但是当某个角色的设计有点用力过猛,或者演员不那么到位时,一些场景就太舞台化了(比如季哥出现的那一场),这种场面显得为场面而场面,色厉内荏。导演拍出了一些较为细腻的人物感情的段落,但是群戏的场面一概处理得不大好,厂里开会的场面,众人去看烟囱被定向爆炸的场面。依然只有主角是活的,而群众都安静得像道具似的,这些糟糕的群戏破坏了电影中的整体感，一个很好的主要角色是在一堆自然的群众演员中呈现出来的。

这似乎是一个难题，在电影里，主要人物能表现得很好，但导演难以呈现出一种真实的群体状态（张艺谋、陈凯歌、姜文们拍的大片里，群体也一样是道具式的群体，广播操式的群体），而只有一个到位的群体状态，才能使电影不是一个概念的推演，而来自于真实的历史或现实。鲁迅作品中出现的经典的"看客"，只有贾樟柯找出一个最自然的表现方式——他参考了拍纪录片的方式，演员就是路人。小武被铐在路边的电线旁，他的身边围起了一群人，这群人的神态、眼神，是真实的，属于这个电影，属于90年代，属于山西汾阳，他们是真实的人。这是电影最后的画龙点睛之笔。然而即使贾樟柯，也不能通过把这种方法贯彻到底来保持群体的真实度。在《三峡好人》里，镜头一个个扫过船上的人，这个镜头也是对的，人也是对的，但远不如《小武》的那个浑然天成，成为一个大导演后拍片子，镜头反倒失去了当年的灵气。

TT，这个又说远啦。我说的《钢的琴》的不足之处，比如段落过于小品化，零散化，比如群戏拍得不好，这些都只是这个作品的小的毛病，电影从前面拉出来的主线和次线，显然想是将个人的命运与时代的命运结合在一起。一种体制终结了，一个城区终结了，一个没走出去的人只能苦苦挣扎，苦苦挣扎也看不到希望，最终只是给自己一个交代——也就是说，这一切不是"我们"的过错。我们的青春，我们的手艺，我们的生活，本来都已赋予了重大的意义，给予了充分的保障，而转眼之间，坚固的东西烟消云散，个人裸露出了脆弱的、懦弱的、无依无靠的真相。谁能给一个说法呢，没有说法，抛弃不需要理由，不需要商量，不需要过渡，历史对人绝无同情之心，只能是个人给自己一个说法，一个交代。这是为什么桂林在女儿已经留不住的情况下，他们的造琴小组还继续造出一台"钢的琴"的原因，我们都是好工人，我们工人有力量，我们连钢琴都造得出来。——电影最终的意图是为"这些人"鸣个不平，他们本不应当遭受这样的命运，不应当尊严扫地，不应当日暮途穷。

这种意图用歌舞的形式来表现是很合适的，电影的前半部分，显得有趣，紧凑，歌曲的节奏与情节的节奏有内在的帖切。但是在电影的后半部分开始显得拖沓，勉力为之，主要原因大概是情节是向下走的——过去的烟囱也留不住，将来的人也留不住，而电影却在情调上要保持原有的轻快伶俐的风格，所以加进来的快节奏的音乐只能从外在的层面促进电影的节奏，却不能与内在的情节趋势合拍了，电影接近末尾的华彩歌舞段落，只是电影情绪上的兴奋剂，知其不可为而为之。

导演的意图固然是无可厚非的，然而一种同情，一种鸣不平，却不能支撑起一个有深度的现实题材电影，《钢的琴》缺乏一个有深入可能性的结构,那么在对现实进行了一些纪录与变形后,只能落到一声喟叹上。但是这个电影的纪录,是真诚的纪录,变形,是有新意的变形,因此,也不必苛责了,它还是这两年国产电影的一个好作品。

眼看他起高楼,眼看他楼塌了。我们的时代,是一个增长得太快,也失落得太快的时代,站在失落的人们一边,为他们拾起一点尊严,是导演张猛的立场。他的这个关于失落的电影,是一场失落的欢宴,有歌有舞,有此起彼伏的笑话,然而,没有一台真正的"钢的琴",剧组的道具做出的道具琴,并不真的能弹。即便失落的欢宴,也只是一个想象。

七七,

九月。

新酒溢出了旧瓶

TT：

去年杭州的《都市快报》组织了一次小影展，策展人是卫西谛与水怪，展出了几部院线上看不到的电影，——之所以院线上看不到，不是因为导演不想上院线，导演大部分都是想上院线的，能争取拿到龙标的，也都尽量争取去拿龙标了，但是这些低成本、非商业、没有宣传经费的电影，对院线经理来说找不到安排场次的理由。不用说这些生僻的电影名与导演名了，有次我去电影院看管虎的《杀生》，黄渤主演，照着报上的场次去的，但是到票口的时候售票员告诉我：因为昨天没人看，今天也不排了。这些电影投入的回收，比较主流的一部分主要靠把版权卖给电影频道与视频网站，更艺术一些的希望能得到影展的奖金与基金的扶持。它们属于广义的"独立电影"，所谓独立，针对的是主导意识形态与主流商业模式，但实际上"独立"也带来很大的问题——没有渠道，没有回报，制作如何独立起来呢？它们只是与之保持一定的距离，还是希望在保持创作理念的同时，找到可以兼容的渠道与回报的。

艺术院线，一城一映，都是这部分电影寻求与观众接触的方式，但总体而言，想看这一部分电影的观众还是不容易看到它们，特别是在二三线城市。大规模的国内独立制作的影展只有两个地方做得持久而有规模，一个是朱日坤在北京的现象工作室，一个是张献民与卫西谛在南京做的独立影像展。所以在杭州多年，能有这样一个影展，真是让人高兴啊。

就在这个影展上，我看了李珞导演的《唐皇游地府》，TT，我得说，这是我近几年看得最有趣的一个独立电影了。比起影展其余的几部电影来，它显然要更独立，走的是纯粹的极低成本个人创作并参加影展的方式。它与当代艺术的关系很亲密，有对观念的更为自觉的思考与应用，有将媒介与材料进行混搭的想象力与实践能力。作为一个视觉叙事作品，它不直接地"讲一个故事"，而是研究"故事的可能性"，将故事原型与当下现实相对应，于是产生了灵巧的幽默感与荒谬感。在这个作品里，既有对理论的熟悉与理解，又有对现实的观照与讽刺，细节中还自然地流露出作者的审美趣味，这些都能让一个对电影与艺术有基本素养的观众，感到一种独特的亲切吧。

下面这一段就是剧透啦：《唐皇游地府》的基本情节取材自《西游记》第九回至第十一回，讲的是术士袁守诚与龙王赌天气，龙王一时意气，为了赌赢违背了天庭号令，天庭命行令官斩了龙王。这行令官就是唐皇李世民的宰相魏征,龙王又听了袁守诚的建议去求李世民,李世民答应龙王救他一命,在行令的时间里约了魏征下一盘棋,拖住魏征。结果魏征人来下棋了,却在中途打了个盹,等他打完盹,有人来报:天下掉下了一个龙头。原来他已经去把龙王斩了。龙王冤魂不散,怪在李世民头上,下了几天几夜的大雨,李世民大病垂危。几个顾命大臣商议后事了,魏征独留在李世民身边,给了他一封信,让李世民到地府,把这封信交给崔判官,事情还有转机。李世民到了地府,崔判官看了魏征的信,带李世民去面见阎王,阎王让查查李世民的寿数,崔判官偷偷将"在位一十三年"改为"在位三十三年",于是李世民被放回了阳间,崔判官送他回返阳间,中途还让他给当年的手下冤魂散了钱,磕了头。李世民回到阳间,第一去还他在阴间借的钱,第二就是找一个和尚西行取经,消前衍,宏大德。他原本脖子不舒服,医生说要磕上三百个头才能来,经此一番折腾,脖子的毛病倒是好了。

作为《西游记》的前传,《唐皇游地府》的故事在今天已经不怎么为人熟悉了,但退到一百年前,在20世纪初中国电影刚开始的时候,这类讲述因果报应的故事显然是有广泛的群众基础与市场的,天一公司在1927年将之拍成一个古装电影,李珞的电影就沿用了这个名字。唐皇游地府是个很精巧的故事,在故事里有好几重的因果报应,人情世态也成为必然性的组成部分,并且从一个毫不相干的

"因"——龙王与袁守诚打赌里,最后既推导出李世民脖子毛病好了这样的小事,又推导出唐僧取经这样的大事,这种对因果报应的编织,不完全服从于宗教的需求,而有了民间集体创作的世俗性。

而李珞是怎么改造这个故事的呢?从一个角度看,他是完全不改造的,照搬了这个故事。从另一个角度看,故事变得面目全非了:故事被放在当代,李世民成了一个公司的老总,魏征是他的手下,龙王是个酒吧老板,手下还有一班小弟,他们说的都是湖北普通话,袁守诚钓鱼的湖,大概就是在武汉的东湖?电影从一个光着膀子在书房里写毛笔字的中年男人开始,一个特别简单的场景,他写了一会儿,伸个懒腰,揉揉脖子。这个开头显得稍微有点儿长,书法这种传统的古典艺术与一个极为普通的中年男人之间的反差,似乎略微地对这个电影有个暗示,但需要注意的是:这个电影的具体动作都不是脱离生活臆造出来的,情节是设定的,动作却是现实的,这个李世民之练习书法,是因为医生建议他练习书法来治疗颈椎病。开头"稍微有点儿长"在我看来也是合适的,相当于为这个电影的观众留出一点适应的时间。

然后是一段汽车在林中道路行驶的戏,很长的固定镜头被换成了运动镜头与快速剪切,这种音乐与剪辑方式让人联想到大卫·林奇——大卫·林奇长于把人引入心理的非理性状态,任由人物与观众在直觉与幻觉的视像中颠簸,《唐皇游地府》中这样的小段落有两个,一个是电影开始不久的这个车行段落,还有一个是电影中间,龙王死后雷鸣电闪、风雨交加的段落。但李珞用这样类型的段落进行转场,目的不是在直觉与幻觉中越走越远,而只是提供一种节奏的调节,一种更敏锐的感受状态的引进,以及从电影语言的角度追求多元混搭产生的美学效果。

这种多元混搭服从于整体的节奏需要,但作为细节,它们都表现出高度的审美素养,比方这段树林与车行戏,光影与音乐都有漂亮的形式,也带来准确的心理上的不安感,而稍后袁守诚在湖边垂钓的戏,又用了好几个非常固定的远景镜头与空镜头,拍烟波、柳丝、垂钓的人,真有中国古代山水画的美。这种美不是用好器材好滤镜就能达到的:好器材好滤镜加上一个平庸的摄影师,带来的是糖水风光片,得有对山水与传统山水画的阅读,才能使这几个简单的画面真的有一种举重若轻的优美。而且这几个山水画的镜头是夹在很搞笑的动作之中的,TT,看到这个又好笑又优美的段落时,心里觉得特别愉快:这种愉快不完全是因为电影本身,还因为对创作者的欣赏带来的?

在看过电影后,我很激动地向朋友推荐这部电影时,发现电影的这个"双面"结构是很难解释的。我说:就是现实中的李世民,他的身份是一个公司的老总,他的语言、动作、心理也完全是公司老总的动作,同理,龙王就完全是一个酒吧老板(这个扮演者就真的是酒吧老板,本色出演),但是你会发现,《唐皇游地府》的故事套在一个公司老总与一个酒吧老板身上也是完全行得通的。但这有什么出奇之处呢?他问我。我一时语塞,很难表达出这种方式的有趣之处。

我想了想说:这个新文本是在一个原有的结构加上现实的内容组成的,但它不止是旧瓶装新酒那么简单,第一,在用旧瓶装新酒时,其实是有很多技术性的环节要处理好的,比如李世民到了地府,这个地府怎么表现呢?李珞就让李世民乘一辆公交车,然后到了一处都市夜景,这个处理意想不到的简单,但黑白都市夜景却在作为"地府"出现时,似乎情境与氛围都颇为合适,这时候我作为观众就有一种罗兰·巴特所谓的"阅读的快感",简直就点像看导演用一种特别简洁的方法解出了一道方程式一样。再比如连环画在电影中的运用,这里头大概有导演的童年经历的影响,但在一些比较难处理的叙事环节时,他用连环画来过渡,也让人能够接受,因为这种意想不到的媒介的运用还是有趣味的。第二,新酒没有完全被旧瓶给控制住,它散发出一种"地气",一种中国当代状况的气味,这种气味是相当准确的,电影的男主角不是一个专业演员,但他却将一个中国中年男性的状态很自然地呈现出来,中国式的生存方式比如找关系、托人情在电影中也顺着情节得到展示,但是导演并不特意地讽刺这个,男主人公有一种随波逐流的样子,但他也不反思或伤感这种随波逐流,相反,随波逐流的他是这个社会的中坚,他不颓废,也不自鸣得意,他就是那么生活着。这部电影中的人物有漂亮的灰色,这种灰色不是情节带来的,情节只是为状态提供了视觉的时间和空间。

在电影进入到尾声的时候,似乎导演也意识到如果只是个"文本游戏",那么这部电影的"叙事意义"在哪里呢?文本游戏是令人愉快的,细节对照时的聪明联想,转场的节奏,非职业演员天衣无缝的本色出演,某一个优美的画面,某一个搞笑的片断,还有某种紧张的心理,某个暧昧的情势,这些东西统统都在游戏中各就各位,然而旧瓶装新酒的结局是:新酒溢出了旧瓶,现实最终洞穿了结构。《唐皇游地府》的结尾是很长的一段饭局戏,这个饭局是"水陆大会"?李世民在饭局上纵横捭阖,嘲骂针砭。这个21世纪的中国男人像是从一个7世纪的梦里醒过来一样,喝得意兴畅快,骂得淋漓尽致,当然这些"洞见"都是酒桌上的洞见,最为轻易的洞见。在这狂欢的场面里,主创人员也像谢幕一样来露了个面。游戏结束了。李珞把最后一个镜头回到了安静的地方,李世民一个人在家里,他在想些什么。这个李世民,是最出戏的李世民,他不像是李世民,倒像是导演自己了。

一个又有想法,又有趣味,又接地气的电影,那是很少见的啊。在写这个影评时,我的困扰是我只能依着记忆与印象去写,没法像平时写影评那样把要写到的段落搜出来再看看，看看自己有没记错，或者头一次的感受是有问题的。所以你就将就着看看吧：）我希望自己还能组织一次观影会，让大家能看看这个电影呢。

七七，
三月。

童年与故乡

TT：

　　小学六年级的那个暑假，我的一位表姐把我带回她的家乡住了一个多月。那是个叫富竹的小村庄，有松树林、竹林、梯田和小溪流，那时还没有通电，夜里得用煤油灯照明。表姐比我年长得多，并不是我的玩伴，我也没有在这里发现玩伴，有一次在小河边遇到个和我年龄差不多的男孩，他朝我扔了个凶狠的表情，吓唬吓唬我就走了。表姐家是个很宽敞的房子，进门是空荡荡的很高的厅，两边的厢房，一边是厨房，一边放着农具，放着刚收来的农产品，后墙向内的檐廊不放什么（有一回表舅进山见到一棵果实累累的杨梅树，他没带篮筐，把身上的背心扎成一个口袋摘了一满口袋回来，就放在檐廊下晾着，我不时去吃几颗）。白天大人们总是干活去了，我就一个人在山间田间走走看看。傍晚时在门槛边的石凳上乘凉时，有时邻居过来，问起我，表舅说："是在县城的外甥女，放假了，来玩。"邻居总是很吃惊："她待得住的啊？"然后因为我的"待得住"赞扬我几句。

真的是很无聊,但也真的"待得住"——这年夏天是我最经常回想起的一个夏天,童年的许多夏天都在记忆中消失了踪影,但这个夏天却还是那么鲜明:明亮阳光下的山间小路,小路上一只可能吃了农药的死鸟,在地里劳动的姑娘们的白布帽子,煤油灯用来调光线亮度的小齿轮。

当我看《有人赞美聪慧,有人则不》时,一下子这个夏天就又整个地回到身边……以至于我怀疑导演杨瑾是不是也有过一段跟我相似的经历,所以才拍了这么个电影。——这个电影讲的是一个住在县城的男孩到同学乡下的老家去玩了几天的故事。

我是在"后窗放映·文艺之春"的放映活动中看到这个电影的,六一节,在一个VIP小厅,上座率挺好。虽然是个儿童题材电影,观众中似乎只有一个小孩,每当一个有意思的场景或对话出现时,放映厅里总响起文艺女青年们清脆悦耳的笑声。——这个电影自然、淡定而不失幽默感,在描述我们这个时代的童年与我们这个时代的故乡时,它有一种难得的放松的心态。

我们这个时代太焦虑了,童年与故乡尤其是焦虑的重点。孩子们,城市里的,奔波于一个培训班与另一个培训班之间,在应试教育的汪洋大海中挣扎着找一个个落脚点,乡村里呢,有那么多的留守儿童,乏人监护,成长期留下了巨大的感情空洞。而故乡,"每个人的故乡都在沦陷"——土地、环境、文化与价值观——农业社会的"故乡"在工业化、现代化的浪潮中被冲击得支离破碎。这些是一个成年人在目睹时代的变迁中不能不得到的整体认识吧？

但《有人赞美聪慧，有人则不》不是建构一种整体性以及追求深刻性的，导演杨瑾去发现的，是整体性中的缝隙，不是知识分子的思考，而是孩子自己的感受：他们的经验很微弱，但却更少先在的道德设定；他们的记忆很片面，但却在记忆里加入了更多的灵动想象。他们缺乏对照的内容与能力，他们只是"领受"这一切，亲人、家、家乡，在无能为力的领受里，他们建立起与这个世界的关系。《有人赞美聪慧，有人则不》的独到之处在于，他建立起一种可信而美好的关系，像是长在石缝里的一棵小草，它特别美，特别稀罕，然而它依然是真实的。

电影讲的小男孩，一个叫杨晋，一个叫小波，杨晋成绩很好，小波成绩很糟，但小波很会吹点小牛，他把他的老家说得特别好玩——抓螃蟹啦，炸鱼啦，于是杨晋就被忽悠了，他给家里留了个纸条说去奶奶家，其实是去了小波家。两个孩子先坐中巴车，又坐三轮"出租"，又走了好长一段山路，终于回到了家。爸爸妈妈和弟弟已经在吃晚饭了，爸爸急躁地说："快进来快进来把帘子放下！蚊子要进来了！"好像蚊子进门这件事情比寄在县城姑姑家上学的儿子回家还要重要。乡下孩子不是在温情泛滥的环境里长大的，父亲打儿子也是平常事，小波让杨晋多待几天，因为"你在我爸不会打我"。

这里的生活没有想象中的好玩，抓螃蟹炸鱼都没有发生，他们每天领到的任务是带着圆白菜去走访亲戚，先是奶奶，然后舅舅，然后小时候被送了人的姐姐。孩子们在山野间走着——观众发现的是：原来山西有这样的一面啊。关于山西，首先想到的煤，如果是电影爱好者，首先想到的是贾樟柯，是《小武》——临汾被贾樟柯影像化了，并且成为转型期中国的代表视觉形象之一。但在《有人赞美聪慧，有人则不》里，山西的运城平陆还是山清水秀的，拿把大锤子在石头上一砸，能把石头下藏着的鱼砸晕，捉回家去。

县城的孩子杨晋跟着他的朋友走，他不带判断地看到这些：煤矿里铲煤的工人，其中一个是他认识的；小波的重男轻女的奶奶，给他们买很多很多零食；小波的舅舅和舅妈在忙着种树——为了政府征地的补贴；还有小波好看的姐姐，大眼睛，黑辫子，杨晋注意到姐姐胸也很大。在景物与人物之间，杨晋和小波的"回乡之旅"显得随波逐流，茫无目的，他们有小快乐，小争吵，但杨晋感到无聊了，想回家了，而小波拖拖拉拉地，不想让杨晋回家，不只是为了自己不挨打。在儿童题材的电影里，好导演总能抓住一种"空茫"的感觉，世界与时间对他们来说都是无由地铺展开的，他们身不由己，无所事事，童年是"就这样过去的"。

杨瑾把这种感觉拍得颇为到位，他的着眼不在于拍"社会"，对照《小武》通过小武的爱情、友情、亲情来描述社会的结构与问题的抱负，《有人赞美聪慧，有人则不》中有一种与现实的游离关系。现实问题也被描述，采煤，征地，抛弃女婴，但不是将它们作为质疑的对象，而仅仅是描述，当奶奶、舅舅这些人物出现的时候，这些问题是与个人的生活与性格，与整个的环境结合在一起的。杨晋的目光显然不会有一个批判的高度，但这是电影好的地方，它带来的是一种多义性和暧昧性，而不是试图去剖析与解决。

不那么直接针对社会问题，《有人赞美聪慧，有人则不》面对的是一个更有超越性的主题：童年与故乡。导演让杨晋能记住山西所有的地区名、运城所有的县名、黄河流经的所有区域的名字，但故乡不止意味着这些，它是山路、河流，是人，是这样的一种空气与状态，最重要的是：你曾身处其间，你把你最纯净的目光和感受力给了这里，你在这里度过童年。于是你才能无聊中又感到它的引力，那些不完美的人是你的亲戚，是爸爸、奶奶、舅舅，你不能站在一个局外人的轻巧位置去评判他们，你和他们是一起的。对故乡的"爱"一件奇怪的事，是必然包含着对它的某种意义的反抗与厌烦的，小波说到父亲打他时，说到奶奶逼着妈妈把姐姐给送人时，那种痛恨给了"故乡"真实的质感，而姐姐这个形象就太正面了，因为爱着这条河，她读水利学校，要在水务局工作——因为因果太简单，表达太明确，主旋律的感觉就上来了。

电影里的故乡是视觉的，但杨瑾在视觉的叙事里特别能保持感受的笼统与想象的可能，观众像杨晋一样，是去故乡几日游的，但这是没有目标与攻略的几日游，在失望与无聊里，故乡才能真正呈现，在虚度时光里，在胡乱的聊天里，回忆与想象才有空间。孩子们不只是聪慧的或淘气的，不只是天真可爱的，他们不是大人设想的小孩，而是他们自己。杨晋说自己是二郎神的那一段特别有意思，结尾同车的那个大人忽然睁开了第三只眼睛也很神——"神来之笔"像是要在一种特别无所用心的状态里产生，又自然，又有趣。

《有人赞美聪慧，有人则不》给人的感觉就是极为自然的，有趣的地方都不是包袱，而是一个忽略的角度被发现了，一些忘怀的感觉被唤醒。这个电影不深刻，但是有诗意。关于童年，关于故乡，诗意是在无目的的漫游、回忆和想象中产生的。

七七，
六月。

故事与立场

TT：

前两天到电影院去看了《无人区》——这可是全国文艺青年们翘首相盼了多年的电影呀！在冬天热乎乎的电影院里坐着，看龙标（电影准映证），看浩荡的制片方团队一个个地播他们显得很牛×的片头时，心里对"真上映了！"这回事才总算确定下来。中国的影迷是有福的，虽然电影里的悬念不一定编织得好，但电影院的悬念却总是扣人心弦，《无人区》的悬念解开了，还有《天注定》的悬念呢，总还有盼头。

看完出来，走在初冬的凉飕飕的街道上，其实很有点大惑不解：这个片子在我看来很主流啊！善恶对立，邪不胜正，它的问题在哪儿呢？虽然徐峥最后成了烈士，但手举炸药包，舍生取义，这在传统叙事与革命叙事中都是华彩段落，为什么非得给电影再加一个尾巴，让余男在一群纯洁的小朋友里找到归宿呢？也许因为徐峥作为正面男主角，他的出身太不根红苗正，一个唯利是图的律师后来成了烈士不合乎对烈士的应有定义？至于说暴力、色情、人性黑暗，那《无人区》还真算不上首屈一指，冯小刚的《夜宴》、张艺谋的《满城尽带黄金甲》，暴力色情指数都不低，难道这是对待古装武侠与现实题材的不同标准？

虽然这些猜想都有点诛心，但因为没有一个明确的标准，也没有电影分级制度，在创作者、审查者、观众之间，就弥漫着一种微妙的气氛，一种互相之间的揣测，而傲慢的官僚，悲观的愤青，平庸或投机的导演，擅长讥讽的观众就像各种角色般出没其间。作为一种状态，它也不乏内在的张力，但这种张力被内耗了，它最大的问题在于对于整个电影产业的不利影响。中国电影的整体水平比不上日本与韩国，在拍当代题材上尤其落后，看韩国的新片《恐怖直播》时，能感受到一种尖锐的对现状可能性的探究，而《熔炉》这样取材于真实事件的电影，甚至于促进了现实中对该案件的关注与审查——这是一种艺术作品与现实之间的映照与互动。一个真正的好导演，永远要立足于所身处的时代，这是他的时间与空间，他的精神师承与艺术素养，他的价值观与方法论，必须落实到这个时空里，才能真正形成自己的语言与风格。

而中国当代电影的问题是两方面的，一方面是类型电影的畸形发展，类型很少，佳作稀缺而烂片如云，一方面是面对当下现实，有抱负有情怀的电影实在太少了。在张艺谋、陈凯歌、冯小刚已经成了碉堡的时候，贾樟柯与宁浩还让人有所期待，某种原因，在于他们还没有流畅得无须修改，他们还在尝试中国电影可以有的语言新意与思想深度吧。

回到《无人区》上，TT，我的感受是这个电影和我想象的太不同了。我以为宁浩会有某种颠覆性，不然为什么这个电影要四年后才出来呢？结果这个电影是个非常老实的电影，其实不颠覆，这真是让人对审查与对宁浩，都要重新认识。显而易见，这个电影修改过，但这个电影的叙事主线是没有动的，它的叙事线索和逻辑结构保持了完整性。《无人区》中徐峥出演的潘肖来自于文明社会，而他进入的无人区，人性处于蛮荒状态。在这个电影的伦理观里，人性本恶，徐峥前往西部时，车上的孩子的表情并不天真纯洁，而有带着恶意的眼神，他们互相吐口水这一幕，其实倒让人很有所期待——本原之恶与文明之恶的交锋？但文明之恶在法庭戏中稍露头角之后就基本上销声匿迹了，徐峥出演的律师在把贩卖珍禽的黑老大捞出来之后，迅速站到了黑老大的对立面，"我与你是不一样的"。在拿了首款及用来抵销尾款的红车之后，他为自己干了这么漂亮的一票而得意洋洋，打算重回自己的文明社会中去当著名律师，上头条新闻。

"我与你是不一样的。"这是电影的一句核心台词。在头一个环节的表明立场中，徐峥实际上是软弱无力的，黑老大和黑老大的辩护律师，有什么不一样的地方呢？在文明社会中，徐峥的道德感十分薄弱，作为辩护律师，他只考虑证据而不考虑真相，他也可以把证据指向一个扭曲真相的方向，尽管他有相当好的职业素养与道德：尽力为自己的当事人服务，长于拟定合约并遵守合约。——这是文明的吊诡之处，文明社会可能掩盖事实上的不道德，为它提供制度的保障。但徐峥从一个道德上的低水平出发，却在这段无人区的旅途最后站到了相当的道德高度——舍己为人。

"不一样"意味着界线，这条界线画在哪里呢？在电影里是一条底线：人能不能杀人。这条线要从最字面上的意义上去理解，就是直接地，不把另外一个人的生命当回事地，在这个世界上抹掉了。黑老大作为恶的化身，他最恶的时刻就体现在把修车店的傻儿子像块土疙瘩一样撞过，撞死。这就有点借柯恩兄弟中的拖把头杀手，毫无感情。而徐峥正是在这里把自己给划归了另一边：对于杀人他感到恐惧，对于人与人之间的感情他有理解。作为文明社会中的一个"坏人"，他还是处于人性的底线之上的，最后他能触底反弹到一个意想不到的高度，那是宁浩赋予了他重任，在极恶的笼罩下，至善出其不意地现身了。什么是至善？舍身救人当然是至善。

这当然也是一种善恶的可能性，但是这种二元对立、邪不胜正的善恶观，却居然出自于一位盖·里奇与柯恩兄弟的中国弟子，却实在让人大吃一惊。二元对立的问题在哪里呢？在于可以进行轻易与舒适的立场选择时，无人区被作为一个与己无关的对立面被悬搁起来——

这个"己"是徐峥,也是观众,原始的人性之恶只是在对面作了一次彻底的展示,而不杀人的、有感情的"我们",都可以像余男一样全身而退。文明社会的人性底线是一个必然吗?每个人都能像徐峥一样触底反弹?一个过于乐观的设计必然是一个肤浅的设计,电影开了一个有着丰富的可能性的开头,却朝着一条最为轻易的路子走去,不免让一部分观众感到惋惜(在豆瓣的观影短评里,既有认为这个电影高开低走,后半部分不再吸引的,也有被后半部分的舍生取义感动得眼泪哗哗的,喜不喜欢"被感动",这是电影观众的个人偏好吧)。

TT,我的偏好不是"被感动",而是黑色幽默,宁浩是中国电影中少有的几个能玩黑色幽默的导演,但在这个电影里它却被压制了,电影开头徐峥与两个货车司机的戏很好,因为他们都不是好人,但随着徐峥越来越好,黑色幽默就越来越少,只有黄渤被傻子用锤子敲死那一场戏很精彩。黑色幽默在正气凛然的二元对立中产生不出来,电影的后半部分用转折性情节的密集来保持它的观赏性,叙事上的细节呼应都做得挺好,但那只见手艺而不见灵气了。

然而即便对《无人区》的叙事逻辑感到有些失望——但是宁浩在黑色幽默上对柯恩兄弟的学习,在暴力美学上对昆汀的学习,虽然可能前者没够料,后者被删掉,却还是宁浩的成绩,"学"不是什么丢脸的事,差别在于学得好还是学得一团糟。而且宁浩还是有他的独门武艺,他能在一个类型电影里,让人物显得自然、真实、有质感、接地气,从这一点上说,《无人区》比后来那个《黄金大劫案》强得多。

七七,
十二月。

第七辑 落点

自我的观察者

"1918年,我出生时,母亲正患西班牙流感。"这是伯格曼自传《魔灯》的第一句话,正如一本通常的人物传记,从出生的那天开始。有人能保持婴儿时代的回忆吗?伯格曼的描述是全息式的:"我身体的分泌物散发出恶臭,湿漉漉的衣服把皮肤擦得生疼,柔和的灯光通宵亮着,通往隔壁的门半掩着,不时传来乳母粗重的呼吸、嗒嗒的脚步声和低低的呢喃声,阳光反射在水杯中,这一切一切都记忆犹新。"他用文字来表现嗅觉、触觉、听觉,还有视觉感受到的"光",灯光与阳光。这与其说是一种对经验的回忆,不如说是一种对经验的塑造,在回忆里融合了组织、强调与想象。

这不是一本严谨的编年体回忆录,而更像是一本小说,一部文学作品。伯格曼当然是个熟练的写作者,他的电影都由自己编剧,然而与他写的剧本不同,这部自传在细致的场景与微妙的感受上花费了更多的文字,使得这部自传有很强的文学性(这些东西在剧本里却可以粗疏一些,只画个草图,让表演与镜头来细加阐释)。它又有显而易见的

"电影性"——文字的画面感那么强，片段与片段之间的剪辑，或者不动声色了无痕迹，或者留出情绪与心理上的空白时段，让人反思与回想。

当伯格曼把他一生作为素材来剪接时，还是保留着他的积习：他总是要打乱顺序，把真实与幻觉相混淆。在零乱中另外找出一条线索，找出可能的对照，明亮与幽暗，狭隘与宽大，残忍与柔情，然后一再地提出问题。这些问题在他的电影中反复出现，他通过各种情节与场景找到与内心和解的方法，然而方法们并不是普泛性的，于是人物与故事稍加变形后，问题再次出现，再次要求解答。《处女泉》《冬日之光》《呼喊与细语》，在伯格曼最好的电影里，我们得到一些最精粹的答案，而一些不那么成功的作品里，同样有着各种对问题的描述与对解法的尝试。好作品总是呈现作者最杰出的才能，而坏作品呈现他的短板，他的一时糊涂或用力过猛。在自传里，伯格曼是他自己作品的严格的审视者，他不讳言某部作品的失败，甚至对失败的关注远多于成功。而问题的幽灵在这本书里徘徊不去，它一开始就出现，最后变得更为严重。

这本自传一共有二十五个部分。在第一部分里，他把童年与母亲去世的场景剪接在一起。在童年里，最重要的两个问题第一是，如何让母亲最大程度地关注自己？第二是，如何区别幻想与现实？对于一个感受与想象都过于强烈的小男孩来说，这两个问题都带来困扰。

第一个问题关于爱。在这最初的爱里,就混杂着小狗般的忠诚、强烈的妒忌心、温顺与狂怒交织地表达爱慕之情,以及更"善于进取"地,用装病与装作冷漠来博得关注。他对"爱"的理解从一开始就是复杂的,各种情绪的声部交织,又或者他是在"爱"中学习,领会与运用各种情绪。第二个问题带来撒谎与惩罚,在一个牧师家庭里,父亲将羞辱作为惩罚的一部分,伯格曼作品中无穷尽的幻觉、羞耻感、道德焦虑,早在童年就播下种子。这一章在一件圣诞礼物中结束,富有的安娜姑母带来一台电影放映机,但那是给哥哥的礼物。小伯格曼用一百个锡兵换来了它。第二天早上,他躲进育婴室一个宽敞的衣柜中,"把放映机放在一个糖盒上,点燃煤油灯,光线直射在雪白的墙上"。人生的几个重要因素都到齐了。

虽然家庭生活不近人情,但这种不近人情又是他思想的推动力,如果不是在感情上觉得痛苦的家庭里成长,恐怕也不会在人性的深渊中求索得如此之深。与第一章呼应,自传的最后一部分,出现了与去世的母亲见面的幻觉,他把问题一个又一个砸向母亲:"我们能用面具代替面部表情吗?我们能用歇斯底里症代替感情吗?我们能用羞耻和罪过代替友爱和宽恕吗?"然后他又自己慢慢安静下来,"我坐在她的椅子上谴责她从没有犯过的罪行,我问的问题都是没有答案的"。这些话写于1986年,法罗岛,伯格曼六十八岁。他还是个那个对爱索取无度而让母亲厌烦困扰的男孩,但他知道问题是没有一个理念上的确定答案的,他转而去观察母亲的脸,母亲的一生,乃至于母亲的身世。这是一个非常微弱的尝试,一本观察自己的自传,在对母亲的观察中结束。

对于一个职业观察者的观察,他带着痛恨之情,"它冷酷无情地跟踪着我的生命,经常疯狂地夺走、毁灭我最深切的体验",这是一个分身者的痛苦,他必须一边生活,一边观察生活并作为创作的源泉。他其实在剥削自己的生活?在这本《自传》里,有两处引文,一处是结尾处母亲的日记,一处是一封信,少年时在柏林见到的一个女孩给他的信,他没有回信,但这个女孩成了他电影的一个灵感来源,在《仪式》中他也引用这了封信。这两封信有一个共同特点:两位女性都是自己生活的一个好的观察者,叙述者,同时有严重的困顿感与无力感。但她们不是自己生活的剥削者,因为她们不用生活来滋养创作,当然也不用创作来救赎生活。她们是痛苦的"细语者",而伯格曼是一个"呼喊者",她们投入生活,纵然生活是痛苦的,而他试图抽身于生活之外,质疑人的痛苦。

这也是伯格曼的困境所在:他质疑痛苦,他不愿服从上帝。他不愿在过错与惩罚中确定人的卑微的存在。他的问题是:存在为什么是如此痛苦?为什么"我"该受这样的痛苦?为什么"我们"彼此带来如此之多的痛苦?在青春期的末梢,家庭问题一总地爆发了,生活在舞台灯光下的牧师家庭,"哥哥自杀未遂,妹妹因顾全家庭声誉而去流产,我离家出走"。伯格曼开始了独立的成年男性的生活。

虽然像《野草莓》一样,回忆常常被一些穿插打断,但是从童年到少年,从青年到中年,《魔灯》里还是有一个生活轨迹的呈现。他写到初恋的玛尔塔,写青春期的性与女友,写到五段婚姻,对每一任妻子都用好词来形容。他花了很大篇幅写他的戏剧工作,专门花了一章写逃税风波。还有几章关于人物,有知名的与不知名的,知名的比如劳伦斯·奥立弗、卓别林、嘉宝、卡拉扬,不知名的比如卡尔舅舅,一个叫林奈娅的保姆,一个叫安德里亚的钢琴教师。他写到婚姻困境、经济困境与工作困境,但总体而言,他的一生是工作的一生,任何困境都变成了他工作的一部分:经济困境让他做更多工作,婚姻困境让他拍出了《婚姻场景》和其他好些电影。

在工作中伯格曼表现出卓越的控制力,他在焦虑与控制之间达到一种相当完美的平衡。"焦虑是我生命中的忠实伴侣,它是父母遗传下来的,构成我的人格结构。它像恶魔,也像朋友般激励着我。……痛苦、忧虑、无法弥补的羞耻感都消失了,我的创作激情也消失殆尽。"而他的电影工作的团队则是稳定的、专业的、经验丰富的。这当然是历练的产物,无论是作为一个戏剧导演还是电影导演,他都经历过新手的自负而茫然的阶段,但他擅长学习与总结经验。对他来说,电影最后地落到"幻想","拍电影是一种幻想,但必须经过周密思考"。他很少谈论拍电影时的细节,但对要得到的东西非常明确,那是"有生命力的画面"。

他的外部世界,是婚姻、女友与戏剧、电影,他的内部世界,"全部生命都在我与上帝之间的痛苦而又不快的关系中斗争着"。他把他的生命力用在工作与创作上,也用在一次次的婚外情与婚变中,"一种性冲动总是缠绕着我,迫使自己常常产生不忠行为。我被欲望、恐惧、极端的痛苦和良心上的内疚折磨着"。虽然他总是用"痛苦"作为主题词,但在其中并不乏柔情与欣赏。他说到第二任妻子艾伦,"我们之间不争吵时,能共享一种深厚的互相怜惜、互相谅解的感情",说到第三任妻子甘:"她不十分在意自己,对生活也不挑剔,没有任何附加条件,但却是实在地、无所畏惧地真正在生活着。"他把他爱过的女人在银幕上重现了一次,艾伦是《婚姻场景》中的妻子的原型,莉芙·厄尔曼出演了这个角色;甘也成为他好几部电影中女人的原型,其中埃娃·达赫伯克把她演得最传神。

年轻时的伯格曼并不是好的丈夫与父亲,他的内心中小男孩的那一面一生中未曾消除。他与甘有过激情的恋爱时段,但生活的混乱复杂——他们自己造成的——很快重重地击破头顶。在甘的孩子出世时,伯格曼已经非常疲惫了。"我留下甘让助产士照料,走出了忙乱的病房,独自回到家里。我喝得烂醉,我把旧的玩具火车拿出来,一个人默默地专心玩了起来。直到不知不觉躺在地板上睡着为止。"这一年他三十三岁,已经有三任妻子带来的六个孩子。一直到晚年,他拍

《芬妮与亚历山大》时,他还站在孩子的角度,愤恨地敌视着严苛的父亲。

他能特别好地阐释孩子,阐释孩子毫无武装地面对世界时的惊恐之心,也能特别好地阐释一个人老去时,面对生命力与创造力渐渐衰微时,如何警惕地维持着自我的尊严。在成年人的感情世界里,他对两人关系中遍布的索取、索取而不得、背叛、背叛而内疚有超乎性别立场的洞见,往往对女性更多一点理解与同情。然而,他几乎从不设置什么庇护之所。赤裸裸地,他把生命的存在暴露出来,并且尝试用不同的风格来暴露,也可以是谐谑的、讽刺的。但他最终似乎走不到一种彻底的虚无主义上去,他不以批判现实为重要的内容,他百转千回地回到的地方是"人自己的问题在哪里?"比如在《冬日之光》中,他把问题掰开,他找托马斯的问题,也找玛尔塔的问题,然后尝试一种阶段性、局部性的和解可能,"对于一个有宗教信仰的人来说,或许上帝真的对他说话了;对于不相信有神存在的人,是玛尔塔与阿尔戈特·弗勒维克两个人,共同帮助一位同胞,让他从跌倒中再站起来,远离死亡。因此,上帝到底说话了没有,并不重要"(见《伯格曼论电影》第188页,伯格曼著,韩良忆等译,广西师大出版社2003年7月版)。这是他最为明澈与平静的时候,如同北欧的十一月,"白昼极短,光线令人满意,但非常奇特"(同上书,第185页)。

关于伯格曼的电影,常常谈的是他的思想,但他的电影思想是与电影的美同时存在的。他把女主角拍得非常美,把光拍得非常美,第一遍看伯格曼,往往被他的严厉震慑,他能看穿哪怕再薄的面具,把一点点矫饰与傲慢都呈现出来,然而他给真正有"生命力"的东西,优美的东西,真正的沟通,留下了生长的空间。就像《假面》中阿尔玛与伊莉莎白之间的一段戏,伊莉莎白怀疑是否有"真"的存在,阿尔玛向她说起一段经历。她们处在一个小空间里,语言在空气中穿行,述说的一幕幕在想象中呈现,窗外下着雨,在玻璃上淋出清晰又模糊的纹理。情欲,负罪感,这些东西都虚无了,而两个人渐渐像是互相渗透。这样的片段,按伯格曼的说法:每一寸都是栩栩如生的,都是一种创造。

他在"真"与"爱"的困境中挣扎,竭力想把人性的深刻之处用电影的方式来表达,但他不是赤裸裸的,没有庇护的。在他的童年,外祖母的别墅位于达拉纳省,他在那里逍遥自在地度夏,在牧师住宅撒谎的毛病也改掉了,没有焦虑与罪恶感,并在黑色青春期来临之前谈了一次幸福的恋爱。晚年他住在法罗岛上,那里有点达拉纳的感觉,他找到了要的景色和真正的家。——其实他是回到了童年,找到了最终的荫庇。

在书的第二十四章,倒数第二章里,他奇迹般地与那个一向是反面形象的父亲和解了(在第一章他还因为不想去看望病危的父亲与母亲吵了一架)。他先是回忆起童年跟着父亲去布道,父亲呈现出另外一面,亲近和快活的,在乡间路途中游泳、遇雨与避雨的时光多么愉快。然后插叙了一段他带了年老的父亲去郊游,父亲在一个仪式马虎的小教堂里,坚持圣餐仪式是不能省略的。"不管怎么样,圣餐总得领。对按时上教堂的人而言,这条规则很重要,但对我则尤其重要。对上帝是否重要,那不一定。"问题似乎解决了,与上帝的纠纷得到暂停解决。但在第二十五章,最后一章里,伯格曼转眼又变成了在母亲面前喋喋不休的孩子,他说他的不解与害怕:"我正在向你叙说我内心最深层的感受,请不要对我冷漠。当我恳求、哭泣和愤怒的时候,请你不要无动于衷。"

　　问题可能产生,可能消失。但它的痕迹留在那里,不只是人提出问题,问题也塑造着人,让人偏执于某种身份无法自拔。作为一个自我的观察者,伯格曼甚至还留下了他的镜像,《萨拉邦德》中的老约翰。"在我的焦虑面前,我太渺小了。"有真正强大到完全自洽的个体吗?伯格曼自始至终都坚持一种自我的歧义。观念与方式的诸种争执之后,肉身的亲近是人与人之间亲近的最初与最终的方式。他脱下睡衣,她也脱下睡衣。这两个全裸镜头,前一个是迎光的,后一个是逆光的,前一个在光线下显露真相,后一个在暗影里藏着慈悲,这两个镜头看上去那么坦诚,一点都没有惨淡的样子。他们在一张小床上躺下。这让人想到《婚姻场景》中最后的镜头了,《婚姻场景》里,最后是约翰怀抱着玛丽安,安慰她,《萨拉邦德》里,最后是玛丽安接纳了约翰,给他最后的包容。

(《魔灯——伯格曼自传》,〔瑞典〕英格玛·伯格曼著,张红军译,胡尧之校,中国电影出版社1993年8月第1版。除关于《冬日之光》的两条引文出自《伯格曼论电影》外,其余引文均出自《魔灯——伯格曼自传》。)

夏日，与炎炎的青春

TT：

在漫无边际的夏天里，看了一张伯格曼的碟，《与莫妮卡一起的夏天》。碟片上印的中文片名叫《不良少女莫妮卡》——这实在太扭曲原意了，伯格曼不是把莫妮卡当作一个"不良少女"来拍的，这个电影拍得既现实又唯美，在现实的部分里带着点儿向意大利新现实主义模仿的意味，但不那么左倾，落脚在对现实的质疑与批判上，他把现实作为一个框架呈现出来，但却又从这个框架里逃逸而去，变成了一曲对青春对自然的颂歌。在这个电影里，伯格曼不那么设置人性的困局汲汲求解，而是着力于描绘，对生活，对身体，对自然，将那些沉重的、琐碎的，与那些璀璨的、轻盈的，放在一起。没有试图去判断与解决什么。恐怕也根本无法判断与解决。唯有记忆，将青春最美的那部分留下。

电影从一帧帧景物描写开始（用静止的，类似于照片的画面来描写景物是伯格曼偏爱或习惯的一种手法，一直到晚年的作品比如《萨拉邦德》依然如此,《和莫妮卡一起的夏天》拍于1953年,是伯格曼的早期作品),这些对港口的景物描写像是幕布一样,带来一点情节的铺垫,城市与自然连接在一起,从现代的市民社会能进入原始状态的大自然,是故事得以展开的前提吧。莫妮卡与哈里都非常年轻,一个十七,一个十九,他们是底层的年轻人,莫妮卡在蔬菜店找工,哈里是玻璃制品商店的送货员。两个人的家庭背景不大一样,莫妮卡有一个嘈杂的家庭,酗酒的父亲与吵闹的弟妹,她厌恶这个环境,渴望能够逃离,哈里则母亲早逝,与父亲在过于沉寂的气氛中成长。两个人在吃早餐的咖啡店里相遇,莫妮卡向哈里讨个火点烟,很显然,她是漂亮而粗俗的,生机勃勃,这是一种不服从规范的生机,带有破坏性的生机,而他被这种力量牵引住了,也让自己掉出正常生活的边界,一起享受一个热烈的夏天。

　　伯格曼把贫穷的生活、逼仄的工作给年轻人带来的烦躁不安描写得很贴切,莫妮卡想要看电影、跳舞和漂亮衣服,她也喜欢安放着装饰品的布尔乔亚的房间,但她是一个从经济到思想都处在近乎赤贫状态的年轻姑娘,离家出走的她,想离开贫穷,只能走向一无所有,怀孕生子的她,想离开困顿,只能走向更加劳累困窘的生活。然而在莫妮卡身上,这个除了身体一无所有的姑娘身上,伯格曼拍出了一种恣意的青春——夏天是属于她的。她与哈里驾着一艘小船在海洋与岛屿间游荡,逃离了社会,阳光晒在她的肌肤上,她闪闪发光得如同世界上唯一的一个女人。她的野性的、原始的美在大自然中充分地绽放，在阳光与海水间，这种野性不再显得粗俗，而显得质朴并熠熠生光。

莫妮卡的美是一种奇异的美——她有那么点反社会、反道德的因素。社会规范与道德准则都无法束缚她，她是一个女人，但没有妻性与母性，从社会道德的角度上，她的确是一个"不良少女"，先从父母的家里出走，又扔下幼小的孩子出走，她的反叛（各种自觉的与不自觉的）让她站在布尔乔亚的生活方式与行为规范的反面，但她显然不是什么革命派，她只是更服从或更放纵身体的本能（她身体的本能也特别强大），因而爆发出一种对抗型的能量。电影里有这么一场戏：莫妮卡和哈里流浪日久，没有正常的食物吃，她去偷东西，但是被抓住了。在一座漂亮的大房子里，有对她或同情或鄙视的人，和她年纪相仿的穿着整洁衣裙的女孩，她忽然强烈地反抗，抢一条面包，逃出大房子——这里面的痛苦和痛恨都是如此鲜明，但是莫妮卡对自己的痛苦和痛恨都是无法反思的。

伯格曼的着眼点也不在于反思莫妮卡的行动，电影里绝没有对于莫妮卡抛夫弃子的道德批判，夏天结束后，莫妮卡到咖啡厅里去和别的男人约会，他丢了一个硬币到点唱机里，而她把视线从对方身上转到镜头上，直视观众——这是一个浓妆的莫妮卡，带着一个含糊而嘲讽的笑容，但面容被拍得很美，有深深的吸引力。1954年电影刚出品时，伯格曼还尚未成名，戈达尔是欣赏这部电影的新奇和表现力量的少有的几个人之一,"哈里特·安德森以成千倍的力量和诗意,以及她那双正对着镜头带着不安的雾蒙蒙的笑眼,让我们感受到了一种恶心,她以此为武器,使地狱对抗天堂"。戈达尔对政治比伯格曼关注得多也激进得多,他看出了莫妮卡的革命性,生命本能具有的革命功能。但伯格曼主要还是审美地看待莫妮卡吧,他拍她的粗俗的美,原始的美,放纵的美,——在对莫妮卡的美的强调里,有一种对现实与道德的推斥。

这种推斥是个人感受式的,而不是另一种意识形态的说教(戈达尔在他的电影里做的是一种与主流反向的意识形态说教),伯格曼的态度大概与电影里的哈里比较接近,他是被莫尼卡带进这个夏天的,内心有一种力量让他把玻璃杯推向桌子的边缘,让它掉落。而他并不后悔这种掉落。片子的最后是哈里抱着女儿回忆起夏天的片断,青春燃烧的碎影。"她是如此感性,浑然天成的气质颠覆了一切肉欲的陈词滥调,她从容大方,傲慢地咀嚼着口香糖,带着同样的洒脱,炫耀着自己的漫不经心和不知羞耻,激起人们去感受、去震颤、去爱。"——这是约瑟夫·马蒂写的对这个电影的评论,很到位啊。

TT,看过《与莫妮卡一起的夏天》后,想到伯格曼的另一部关于夏天也关于青春的电影,《夏日插曲》,那也是我非常喜欢的。《莫妮卡》是一部有那么点儿理念但又不为理念所束缚的电影,在现实与道德的框架里,表现出一种亘远的热情与一种纯朴的情感,最后还是让人感动的。而《夏日插曲》比较悠扬，它描写的不是底层，外部矛盾不是底层无法从困窘生活中挣扎脱身的问题，而是资产者家庭中的两个孩子如何从家庭与长辈的阴影中逃脱出来的问题。在这个爱情故事里，爱情不是最重要的（对于伯格曼来说，内心问题常常比爱情问题更重要，爱情是容易激发的，内心是持久焦虑的，爱情解决不了内心的问题），虽然他也拍出了清新甜蜜的相识，共处与争吵，但在风景画一样的场景里，缭绕不去的是腐朽的长辈带来的怀疑，压抑与痛苦（TT，我特别喜欢电影中的一小段动画，玛丽和亨利克窝在小屋里听唱片时，用动画来表达了对长辈的嘲讽，形象活灵活现，有一种喜剧感与悲剧感的交织），是美好的人与事在瞬间消逝带来的对上帝的质疑。

这个拍于1950年的电影显得象征性过于明显。芭蕾舞演员玛丽收到过去的恋人亨利克的一本旧日记，她回到十三年前与亨利克共度夏季与爱情的小岛，重现了一段美好时光。而亨利克在这个夏天因为事故而死，则是她内心永远的痛苦源泉。亨利克临死时的挣扎，是伯格曼的残酷的一面。他不会拍一个结局完美的爱情故事，他要问的总是美、爱、希望破碎时，"怎么办"的问题。在《夏日插曲》里，可以看到许多伯格曼之后的名片的预言：亨利克死后，玛丽坐在车里，光影在她的面部闪动，那是《呼喊与细语》的碎片；十三年后她再度踏上小岛，一个巫婆一样的黑衣老妇走在她前面，那是《第七封印》的碎片；剧院里的女演员的面部特写，是《假面》的碎片。但与别的这些电影显得更纯粹,更圆融乃至更深刻不同的是,《夏日插曲》显得混杂,突兀与教条。电影里有反角与丑角,有突然的死与突然的重生,最后有大段的话剧式的台词。但它终于还是言之成理的——还有谁比伯格曼更长于将内心困境描述得这么丝丝入扣呢?即便是最后她用丝绵擦去脸上的重妆,给镜中的自己一个自信的笑容。

  拍爱情时,只需要自然与身体,无须言语(虽有那么几句美丽的感触,也都是些傻话废话),拍困境时,语言增生起来,句句都在点子上,却越说越痛苦。伯格曼的大段台词,是打着聚光灯的,倾诉加控诉的,把这些语言都从身体里清空出来吧!这些身体才能找回自己,不僵硬,不疏离,把语言(以及思想!)当作工具——一重一重的镜照之后,要绕回来,绕回来!别在镜像中纠结,自恋,迷失!找回卸妆的肉体,互相拥抱。这是看过的最乐观的一个伯格曼了。他也有回到生活的时候。不害怕大人,不害怕上帝。是的,就是显得突兀。像是一瞬间的忽然想通。

  TT,太"忽然想通"的事情不那么靠得住,因为有可能又"忽然想不通"了。想不通是更永恒的。放弃了想不通,就放弃了艺术。

七七,
八月。

婚姻场景的可能结局

TT：

我在午后的咖啡馆时给你写信。布满尘埃的天空透出一点蓝色的幻影，梧桐树新发的枝叶在茫然地晃动。这是一个明亮的午后，深红色的阳伞没有撑开，它垂着头，布幅的折褶把黑暗收藏在里面。——TT，景色描写让我感到安慰，在描写里，世界的各处都散落着小小的隐喻，隐喻让人觉得不那么孤独。作为个体，人总是自始至终地与孤独纠缠：有时抵抗孤独，有时坚持孤独。四月的末旬我看了几个伯格曼的电影，重看了《婚姻场景》，又新看了《萨拉邦德》。

《婚姻场景》拍摄于1973年，当时伯格曼五十五岁，结过五次婚。虽然这部剧情十分沉重，但拍摄过程却是轻松愉快的。在回忆中他说："《婚姻场景》是我在一个夏天（六周）之内完成的作品，目的只是想为电视拍一部优美而生活化的剧集。根据日程表，我们每一集只有五天排练的时间，然后必须在接下来十天之内完工，整整六集的制作时间只有两个月。……等到正式开拍之后，进度反而快了很多。

艾尔兰·约瑟夫逊和丽芙·厄尔曼都很喜欢自己的角色，于是很快就能揣摩到精髓。这部剧集居然没花什么钱就拍好了。正好！那个时候《呼喊与细语》还没有卖出去，我们实在也很拮据。"

大概伯格曼已经把这个题材完全消化了？他拍出了一部关于中产阶级婚姻的经典之作。在片头作为模范夫妇接受访谈的段落里，约翰与玛丽安各自显露了他们可能的弱点，约翰的傲慢与自我中心，玛丽安的优柔与依赖性。他们是两个知识分子（心理专家与律师），都长于在语言与行为的层面建立起一个自圆其说的自我，但又不乏感情用事的瞬间，感到理性的困顿与身心最终的需求。然而在"取"和"予"之间，双方都显得被动，他们希望事情能变好，但是在节骨眼上总是变得更糟。机会失去了。于是建立一种日常生活形态的互相扶持变得困难，只能在争吵时图穷匕见婚姻的某个残酷向度，并在离婚后"脱困"的轻松感中，得到温情的彼此慰藉。

在看片的过程中（这次看的是167分钟的剧场版），对玛丽安总还是比较同情。因为她比较努力（她强调"同情"与"沟通"的意义），更多承担，而不是像约翰一样退缩，袖手旁观，另辟他径。他们两个人之间的主要矛盾，一个是日常生活，一个是性。约翰天资很高，周围的人都视他为天才，在中产阶级的生活方式里他有困兽之感，那些家庭与朋友聚会，优雅与亲睦的氛围，这些东西未必是假象，但当它们成为生活的规则与全部时，它就具有一处假象的性质：带上了故步自封与自鸣得意的色彩。玛丽安也感受得到这个，她去打电话想取消一个聚会，但是在电话里败给了母亲，一切照旧。约翰旁观这场被镇压的小起义，他不肯去打这个电话，但他已经有了一个年青的情人。他从另一个方向遁逃了。

"可持续"的婚姻需要什么呢？约翰的总结是，需要两个人之间深厚的友谊与稳定的性关系。前者意味着价值观的基本一致与相互沟通，互相欣赏，后者意味着"亲密无间"，在肉体层面上的感受力与想象力的舒展。虽然约翰似乎站得很高，但玛丽安也未必不能追上。她在痛苦的感情变故中呈现出一种柔韧的生命力，与更深地发掘自我的可能性。有时候玛丽安甚至超过约翰，到他的前头去了。但玛丽安的问题是，她有一种根深蒂固的依赖性，她一直不放弃"爱"这个概念，在精神与身体上都不那么独立。在"泪谷"这个段落里（时间是约翰提出分手，并与情人去了国外六个月后），约翰又回到了"家"，在玛丽安身上有一种被痛苦辗过的美，散发出一种疼痛与温存、清新与柔弱的气息，而他对玛丽安产生一种新的肉体的欲求，并且不掩饰这种欲求。玛丽安先是拒绝，她给他读她的笔记，她对成长与内心的反省，而他却疲乏地在沙发上睡着了。玛丽安始终不能对约翰拒绝到底，在他要离开时，她还是扑进他的怀抱里，与他做爱，睡眠。

面对婚姻的局限性——作为一种制度，婚姻也必然是一种限制。它限制了人的日常生活尺度、想象力、欲望。而爱与婚姻的关系是什么呢？如果有爱的话，爱能产生触感与同情，在限制里，以一种温情与宽大来对待制度与个人的有限性。TT，在看这个电影时，我不大能感受到约翰对玛丽安的爱，爱一个人，不大会在一个人痛苦的时候掉头而去。玛丽安倒是一直爱着约翰吧，她始终不能脱离开他的精神罗网，她的梦魇最后还需要他的怀抱。情欲是一种感受快乐的天性，爱是一种感受痛苦与分担痛苦的能力。许多年之后，当他们又回归到一种类似于"恋人"的关系之后，约翰在黑夜里用怀抱来安慰玛丽安的时候，他有一点爱她。然而还只是一点。是星光，不是人间的灯火。

在回忆录《魔灯》里，伯格曼毫不留情地这样写自己："如果我觉得受到伤害，便会像一条受到惊吓的狗反咬一口。我不信任任何人，不爱任何人，也不思念任何人。一种性冲动总是缠绕着我，迫使自己常常产生不忠行为。我被欲望、恐惧、极端的痛苦和良心上的内疚折磨着。"《婚姻场景》里的约翰大体上也就是这么个形象。然而与约翰不同的是，伯格曼有一种对女性的痛苦与成长的深刻理解。TT，在看这个电影时，会发现大部分时候，伯格曼把他的特写留给丽芙·乌尔曼，当痛苦的风暴席卷了她的全身，她的面容像是一艘浪涛顶端的小船，在巨大的茫然里维持着最后一刻的平衡。她灰蓝色的善良的眼睛，线条柔和的面庞，她把悲痛都攒在眉心，那悲痛像一颗石头一样打击她，但不能摧毁她。

玛丽安保持她的思考与生活的能力。甚至还有爱的能力。因为这个她一直保持着美和魅力。她没有像片头出现的那个女人那样，在枯槁的婚姻生活中失去了青春，曾经秀丽的脸上只剩下冷静和严厉。玛丽安——或者说丽芙·乌尔曼有一种有承受力的美，痛苦不是不可以升华的，使之美得更有一种内在的层次感。然而，那些痛苦还是会唤醒人的痛苦，不管是曾经的还是可能的。玛丽安在忽闻噩耗时的神情，她读着她内心的检讨笔记的神情，甚至她在离婚前夕与约翰在办公室的地毯上做爱，那种学习去放纵与解放的神情，都有一种怎样的让人感同身受的痛苦！从不自由的身心疲乏，被抛向自由的孤立无援——这是在夹缝中煎迫的女性，必须深饮满杯的递到面前的不自由与自由的沉重的酒，而不能喝醉！得保持清醒！如果烂醉如泥，失去体面，痛苦或者虚伪的欢乐就整个地把人湮没……

精神上的独立何其困难。尤其是将精神都用来应对一个精神上极其强大的男性了，有时运用女性美，运用柔弱的姿态会成为一个轻松一点的选择，那也能产生爱的景象，能得到甜美的时段，但还是陷在男性与女性的传统形象中不能自拔。真正的独立与自信终归更真实些，并且也有人做得到。

伯格曼的第三任妻子叫甘尼拉·霍尔格，伯格曼用成堆的好词来形容她："她不十分在意自己，对生活也不挑剔，没有任何附加条件，但却是实在地、无所畏惧地生活着。她患有胃溃疡，时常发作，她对此也并不在意;只要暂停几天不喝咖啡,服些药转眼就好了。她和丈夫关系很糟,却不以为然。她觉得任何婚姻迟早会变得乏味之极,最后只剩下一点性关系而已。至于夜间睡觉会梦游,这并未引起她的焦虑不安;也许是吃的东西不对劲,或者是喝酒太多。总之,人生对她是实际而伟大的。她的魅力难以抗拒。"这显然是个生命力强大的,女性特质不那么突出的,强大洒脱的女人(这些描述有些恰好是伯格曼的反面,他总是焦虑各种事情)。他们结婚,后来又离婚,几年后相见,"我和甘分手后,她开始学斯拉夫语,还获得博士学位;她的翻译技巧变得更精湛,为自己赢得了声誉。她逐渐创造了一份属于自己的独立生活,包括朋友、情人与出国旅行。"

TT,虽然这些描述过度光明而显得也有点片面可疑,但还可能是《婚姻场景》的一个比较好的结局吧?

七七,
四月。

乐团中的大提琴手

TT：

上个月给你的信里，说到了伯格曼的《婚姻场景》，后来我又去把它的续集《萨拉邦德》找来看，《婚姻场景》是1973年的电影，《萨拉邦德》是2003年的，三十年过去了，伯格曼八十五岁。对于一个伯格曼的影迷来说，这个作品保留了他一贯的风格，毫无暮年衰气，硬、冷、银钩铁划，自我批判依旧毫不留情，而把温情与希望放在女性身上。

这是一个电视电影，结构非常整饬，外景很少，人物只有四个。除了序幕与尾声共有十个场景，每个场景都是两个人的对话。这么说起来，它实在显得很"戏剧"，照搬到舞台上也不是做不到。但电影相对戏剧来说可以把镜头推得很近，拍摄人物的面部特写——对于伯格曼来说，"面孔"是非常重要的，他常常让一张脸占据了整个屏幕，独白。元素被简化到只剩下人与语言，表情与思想，最短兵相接地与观众交流。这需要强大的台词，也需要强大的演员，当然，这两者对于他来说是从来不缺乏的。

故事从玛丽安探访约翰开始，说起来，在玛丽安和约翰的关系里，玛丽安一直要主动一点，约翰的精神力量比她强大，有吸引她的地方。但玛丽安又要比约翰来得温和，来得灵慧，有时候她接近他受到了伤害，但她还是能从人与事的周边感受理解到新的东西。多年后，她成了一个法学家，有两个女儿，一个在世俗生活中过得挺好，住在离她很远的澳洲，另一个有严重的精神问题，在精神病院里。约翰继承了一笔数额巨大的遗产，在山湖之畔买了一幢老别墅，过着隐居的生活。他的儿子与孙女住得离他不远，但与儿子的关系极为恶劣。

在电影的第一节里，玛丽安找到了那幢老别墅，她推开门，经过空荡荡的餐室，约翰在餐室外打瞌睡，他们还算欣喜地重逢了，一起坐在廊下，看眼前一帧一帧美丽的风景。然而很快，玛丽安就发现约翰的性格没有改善而是更加地孤僻、怀疑，锁闭在自己的世界里。

约翰与儿子恩里克是两种对称的坏性情。父亲是一个思想家，理性得不近人情，他凭借理性走到一个特别高的山巅上去，即便是孤独在待在那里，他也还是漠视、蔑视山脚下的人，他尤其讨厌他的儿子，一个肥胖热情的孩子简直是他的反面，他看到他时，"就像看到一条狗，想把他一脚踢开"。这种父亲对儿子的厌憎里有某种残暴，人性里可能的最黑暗的一部分，而总是对最接近、最弱小的那一部分下手。恩里克不用说是不幸的。他的母亲似乎也保护不了他,他有音乐上的天赋,成为一个大提琴手,但没有高到能达到父亲那样的高峰,于是他显得又软弱又粗鲁,有强烈的依赖性,依赖"爱",依赖愿意爱他这样的弱者的伟大的灵魂。

强者与弱者最后都走到一条恶毒的路子上去。父亲对儿子的深深的蔑视,儿子对父亲的深深的恨。但是父亲却理解与爱儿子的妻子、女儿。恩里克的妻子安娜在电影里已经去世了,只有一张戴着十字架项链的黑白照片留下,他的女儿卡琳娜十八岁,美丽、轻盈,有真正的音乐才华。如果说约翰连爱都不依靠,以一种孤绝的姿态坚持自己的强势,肆无忌惮地侮辱一切软弱的感性的弱者的话,那么安娜正是一种终极性的爱的象征,她如同一个圣母,将自己的人生、生命用来爱那些残缺有限的灵魂。恩里克与安娜的爱是一种超越性的爱,这种东西约翰不是不能理解,但这改变不了他自己。而在安娜去世以后,恩里克显然要再找一个人让自己依赖,他希望女儿卡琳娜不要离开,能永远陪着他,和他一起演出双大提琴音乐会。

作为人,约翰的罪是过于自我,过于自负,恩里克的罪是过于软弱,过于依赖。他们都做不好一个"普通人",虽然他们两个的性格背道而驰,但在卡琳娜学大提琴的最后方向上,他们其实又有隐约的一致。约翰希望卡琳娜去最好的音乐学院就学,恩里克虽然想把女儿留在身边,但他还是想要单独的音乐会——恩里克想给女儿买一把昂贵的名琴去找约翰借钱受到羞辱，但约翰只是羞辱恩里克的无能，对买琴这个事情并未拒绝。他们不把自己作为一个"普通人"，不把自己放在普通人中间，不管姿态是孤高还是潦倒。

这时候，卡琳娜出现在玛丽安的视界里，这是一个清秀的、坚强的女孩，在摸索自己的方向。她与父亲有尖锐的冲突，卡琳娜与恩里克的冲突在一面红墙前进行，因为排斥了后景，显得触目惊心。这个女孩在小树林里的奔跑是电影中仅有的一段外景，她滚下一段小山坡，在一个沉寂黝暗的小池塘前停住。这是一个固定镜头：小池塘占了画面的下半部分，卡琳娜往池塘里走——就走到画外去了。这个画面令人揪心，它还是静止的，成为一个空镜头。然后，卡琳娜又走回来了。她继承了祖父的某一部分东西，有意志力，没有被父亲的爱逼得无处可去。她爱父亲，想过留在父亲身边："妈妈已经死了，恩里克还活着。"是不是也要像妈妈一样，把生活奉献出去呢？然后她又不是这样的圣人，恩里克对她的依赖有束缚，有压迫，并不是存心去当圣人就能把自己的感受都泯灭的。

在发现母亲留给父亲一封信，而父亲把它藏起来之后，卡琳娜对这个事情的理解渐渐不再那么地画地为牢。母亲的信里告诉父亲要让卡琳娜离开，那种畸形的爱会"使她成为一个无家可归的人"，卡琳娜决定走，是因为要听从内心的"自己的意见"，而不是"母亲的糟糕的替代品"。她并没有像祖父和父亲希望的那样竭力发展自我的天才,而是去参加一个欧洲青年乐手的培养项目,她想做的不是独奏者,而是"管弦乐队中的一员"。祖父与父亲都是在神与人之间找不对自己的位置,倍感焦虑或者失败的人,而卡琳娜,最年轻的一代,显得温和、坚韧、务实。她只想当一个普通人。在拒斥爱与依赖爱之间,她没有走原有这两条老路,她去找一条新路,找自己想走的路。

恩里克与卡琳娜之间的关系以悲剧结束,恩里克自杀了。他没有办法独立地生活在人世间。而约翰呢,他貌似很坚强,一个人扎在房间里听贝多芬,但最后也还是坚持不住了。《萨拉邦德》的最后一节,是约翰来玛丽安的房间找她,"在我的焦虑面前,我太渺小了"。有真正强大到完全自洽的个体么?在伯格曼的电影里是没有的。

伯格曼有时会在他的电影里为问题给出答案,然而他的解,很少是终结性的解。明明给出答案了,但这个答案却不能巩固,有时候在以后的电影中,类似的问题还会席卷重来。《萨拉邦德》因为是他最后的一个片子,所以似乎是给了终极解,玛丽安终究没有留在约翰那里,男人与女人之间的互相安慰是世界上珍贵的东西,而爱,似乎只有带着宗教情怀的爱才可能是真正无私的,真正打开人自我的迷障。

尾声里,玛丽安又回到她自己的生活环境,她去找她的女儿,那个精神病院里精神失常的女儿。她是从安娜那里得到了启示与力量吗?她抚摸着她的女儿,像是第一次感到她是她的女儿一样。TT,这个结局是一个非常封闭的环,像是多米诺骨牌一样,一张张倒下了,伯格曼给出了关于人的问题的完整的解。但是理念上的解只是理念,电影只是电影,以及,影评只是影评。TT,行动才是真正的解。

七七,

五月。

微笑的光

TT：

有一天重新把伯格曼的《夏夜的微笑》找出来看，这个电影的中文字幕配得非常糟糕，于是又去翻电影出版社出的上下册伯格曼电影剧本选集，上册是1986年出的，《夏夜的微笑》，下册是1990年出的，《冬日之光》，——中间居然隔了四年，一共收了九个剧本，我也是在旧书店里分两次买到的。

很难想象伯格曼拍喜剧吧？伯格曼看上去实在不是什么幽默的人。"我小的时候，大家都认为我缺乏幽默感且容易受伤。……我那时也非常希望能逗大家开心，并努力尝试去制造笑料。在赫尔辛堡的时候，我曾为两出新年讽刺喜剧编了几段戏，并自认风趣十足。但奇怪的是，在场并没有半个人发笑，我始终摸不透为何别人都能将大家逗得哈哈大笑。"在拍电影之后，他琢磨喜剧的成分和情境，早期作品中就开始对喜剧的尝试，但拍喜剧的直接动机是为了赚钱！对于这个目的伯格曼很坦然，因为"处于电影这个体系里的大部分事物都是因为那个理由才得以成立的"。

虽然《夏夜的微笑》在当时很成功,并且得了法国的一个电影奖,但作为喜剧,它还是谈不上特别好笑。伯格曼认识到"古典喜剧的喜趣力量从外在情境而来",但他擅长的不是去设计与堆积情境,而是人物内在的困扰。这个电影的笑料部分——道具、动作、讽刺性台词,做得中规中矩,也能让人发笑,但它真正有回味的、动人的部分,却不是属于古典喜剧的部分,而是属于伯格曼自己的东西。

然而伯格曼自己的东西也并不是一开始他就能轻而易举地发现和建立的,这个电影进入得很慢,在几个段落之后,主要的人物才介绍完毕。电影中有四男四女:律师弗德利克·艾格曼/女演员迪丝丽·阿姆霏尔,弗德利克的儿子,读神学的学生亨利克/弗德利克年轻的妻子安妮,马尔康伯爵/伯爵的妻子夏洛蒂,女仆彼得拉/马车夫。这四对关系是电影结束时重组形成的,而电影开始时,弗德利克对妻子与旧情人都有爱恋,亨利克与继母和女仆都暧昧并困惑着,马尔康伯爵同时维护与妻子和情人的关系,但更多的是占有欲而不是爱情。

喜剧的问题是,人物关系可以很复杂,但性格、内心却不能太复杂。比如马尔康伯爵是一个典型的喜剧人物,在他身上可以准确地找到笑料的引爆点,而律师弗德利克就麻烦得多,他对年轻的妻子安妮,对成熟的旧情人迪丝丽,都有真实的感情。电影中的安妮过于单纯，而迪丝丽偏于浮华，她们都还没有成长为伯格曼电影中那些熠熠生辉的女性角色，没能呈现出内心的深度，痛苦还只从表层擦过，弗德利克的内心也未经剖析，他对安妮的爱有类于父爱，但却也有情欲的成分，对迪丝丽的念念不忘里，又有一种可以作为平等对手的感觉。这些东西在《夏夜的微笑》里只是抬了个头，TT，让人感到可能的潜流，但都没有深入——深入下去，恐怕就很难拍喜剧了。情欲与爱恋被突兀地并置在这个电影里，一开始时，情欲带来的是粗俗的喜剧性成分，但在电影的后半部分，爱恋反倒成了浪漫的喜剧性成分，而情欲升华了，纯粹明亮起来，使整个电影的调性都发生了改变。

电影的前半部分照着一般喜剧的路线前进，人物们各自呈现可笑的、混乱的状态，然后伯格曼在把他们汇聚在一个夏夜时，夏夜显示了它的魔力！伯格曼对自然、对风景是有爱好的，但他极为节制他的这个爱好，在《夏夜的微笑》里，有那么几个北欧乡间的空镜头，拍得很美——似乎就是在自然进入了这个电影之后，爱情也回到一个自然的状态中，不再那么纠结混乱了。而更重要的是，外景的自然光带来了完全不同的气息与节奏。TT，《夏夜的微笑》进入后半部分时，我忽然感受到的是：北欧的夏夜原来是那么明亮的啊。这种光真的像是微笑一样，沐浴了、原宥了所有人。在这种光里，《夏夜的微笑》忽然有了灵气，这时候，能想到《莫妮卡的夏天》中的光，《夏日插曲》中的光,也能想到《冬日之光》——伯格曼是在对这样的光的理解与捕捉中,成为伯格曼的。

伯格曼说:"我也无法表达影片是以何种方式'呼吸'和脉动的。"但在夏夜的三次微笑里,TT,这个电影有了"呼吸"和脉动。女仆躺在干草堆上,马车夫像是从莎士比亚的喜剧来到这个电影的。

当天微微发白,肥沃的牧草、犁过的四野和嫩绿的田园尽收眼底时,他说:"夏天的夜晚要微笑三次。这是第一次——从午夜到黎明时分——年轻的恋人打开了心房,彼此献身,倾吐爱情。你看,微笑的地平线多么温柔。"

当东方破晓,水面白雾茫茫,微风轻摇着白桦树枝时:"夏天的夜晚现在开始向丑角、傻瓜和无可救药的人们发出第二次微笑。"

当东方一片橙红,太阳从树林背后冉冉升起时:"夏天的夜晚发出第三次微笑,是向那些愁苦、失眠、担惊受怕和孤独的人发出的微笑。"

——TT,这些是我从剧本里摘出来的台词,这大概是能在伯格曼的电影中所能听到的最优美最温柔的台词了吧?这是他1955年拍的电影,1956年他拍了一部重要的作品,《第七封印》,进入了一个新的阶段。《夏夜的微笑》是他前期作品的一个奇妙的总结,他生硬,在表面滑行,摆脱不了传统,但又在摸索中找到了光,找到了超越的方式。在之后的作品里,他没有顺着轻盈和超越的便捷方向而去,而是返身向人物的内里探求，他是给自己出难题的人。

在看《夏夜的微笑》时，想不到伯格曼还处在他青年时代最艰难的一段时光吧？厌世的、自杀的倾向折磨着他。剧本一开始不顺利，但好在换了一个写作地点之后好多了。开拍之后，他身体不好，心情很糟，演员并未受到干扰，"但有些人指出，我当时对待其他的工作人员就像恶魔附体一般"。电影结束时，体重降到了五十七公斤，"所有的人，包括我自己，都以为我大概得了骨癌"。伯格曼总是像在与一团糟的身体、情绪、事情搏斗，然后拿出他的清晰的作品。

TT，我把《夏夜的微笑》的剧本也看完了，剧本也很好看，当然与电影是两码事。伯格曼认为文学和电影是无关的："对文字的阅读和理解是一种有意识的行为，它与人的才能相联系，一点点地影响人的想象和感情。看电影的时候，我们有意识地使自己准备接受幻象，把自己的意志和才能搁置一边，在我们的想象世界中为它们打开门路，让一连串的画面在我们的感觉上直接产生作用。"

剧本没什么瑕疵，而电影有很多毛病。但电影中的光却能在某些段落里那么直接地，像是照进了心里。

七七，

一月。

后　记

初夏的时候，这本《雨中百合般的爱情》整理编辑好了，看着这些文章，忽然回想起"写影评的这些年"。

我看电影看得很晚，读研时，专业是跟着颜纯钧老师学电影美学，之前看过的电影，比一个普通的影迷还少得多，90年代末的资讯还远不及现在发达，颜老师自己收的碟片就是我们的资料库，他给我们分析《暴雨将至》《美国往事》《蓝》。我从颜老师那里学到了电影的精读方法，怎么样分析镜头语言，分析人物和情节，分析隐喻与思想。那个时候，还有孙绍振老师教我们新批评式的文本分析（他还在里头加入了波普尔的逻辑方法），南帆老师教我们20世纪文论、结构主义与解构主义，这些都是做电影批评的重要背景——福建师范大学不算是一所名校，在当时却有最好的老师，我在那里度过了充实而美好的时光，老师们就像对待自己的孩子一样对待学生，有什么感情问题啊都可以去向老师倾诉，当时觉得理所当然，现在想起来是多么难得而幸运的事。

读完研，当时电影研究的博士点只有北广、北电和北师大，我考上了北师大的艺术与传媒学院，师从周星老师，我不是一个好学生，拖延论文啊，没告诉导师就擅离学校出去旅行一段时间啊，总是挨骂，然而周星老师是极为宽容的，我的风格与他大相径庭，他却支持我做我想做的题目，做中国当代青年电影研究，并且一边被他催着，一边总算按时毕业了，拿到学位证书的时候，我去系里办离校手续，因为要排队，我就到阅览室看会儿书，周老师路过看到我，问我在干啥，我说要排队呢，不如先看会儿书。周老师说："你是真爱读书啊！"这是周老师唯一表扬我的一次，我就很珍惜地记住了:）。

北京的文化气氛比福州好得多，我总是去参加朱日坤的现象工作室的观影活动，看电影，和导演交流，几乎每周都写一个影评——影评处在电影这个行业链中最末梢的位置，但在北京，有一种在场感，圈内感，甚至就有一种责任感，觉得自己写好影评，就也在为电影行业添砖加瓦似的。那时候，认识了好些师长，崔卫平老师、张献民老师，还有很好的同行，卫西谛、黄小邪。我们看影展，聚会，在现象工作室的论坛和后窗看电影贴影评，讨论电影，过着文艺青年的快活日子。特别能感受到一种视野的扩大，感受着自己在进步的快乐，我顺顺利利地出版了第一本影评集和第一本随笔集，写作上稍微找到了一点感觉。

有时我也会想，要是当时留在北京，会是什么样子呢？反正我不思进取，一毕业就跟着阿波到了浙江，飞快地结婚生娃，成了一个主妇，人生像是忽然换了个频道。常常忙完一天，阿波找了一个电影说我们一起看吧，我说好的！然后看着看着，没一小会儿就靠着他睡着了……他说原来一个影评人看电影老是睡着啊！看片量唰地往下掉，写作量也唰地往下掉。有时候心里很惶恐，工作、孩子和写作很难兼顾，几年后我辞掉了大学的教职，可孩子还是占据了大部分的心力。

有一回听万能青年旅馆的歌，听到一句"囿于昼夜，厨房与爱"，忽然哗哗地眼泪就掉下来了。掉完眼泪自己也觉得很好笑，没有什么比日常生活更重要，但自由与自我是永恒的诱惑。在这个后记，我要特别感谢一个我从未谋面的编辑，梅雪风先生，他在我怀有孩子时邀请我给《看电影·午夜场》写书信体专栏，当时我智商严重下降，写东西很困难，写了两期就难以为继，只好放弃了，在我辞职后我想有个专栏能让自己保持工作量与写作能力时，我又给他写电邮，那时他已经不在《看电影》杂志社了，但却帮我又联系了编辑，继续让我写下去。

这个叫"电影夜话"的专栏自由度极大，就是写什么电影的影评完全是我自己决定的，内容也不是严格的电影评论，而是借着这个电影，能写什么就写什么。管我稿子的几任编辑，赵燕、叶满楼和现在的沈方舟，我全都没有见过，但都合作得很愉快，从2008年起，转眼间五年过去了，这个专栏以每月一篇的频率见刊，如果不是《看电影》杂志社，没有这个适合我的文字空间，我是写不出这本《雨中百合般的爱情》的。回头拿这本集子和我的第一个集子《声色现场》比，见解与文字都成熟了一些，这是生活本身带来的吧。

  回忆起这些在我的"影评生涯"中遇到的老师、同行和朋友们时，许多温暖的往事都浮上心头。命运很厚待我，居然给了我一份"看电影"这么冷门又这么好玩的工作，它使现实生活不止于现实生活，似乎某种意义上，可以超脱于时间与空间，变幻出许多维度，这些维度能让人对生活的理解更丰富、更深入一些吧——所有的这些书信体"影评"，它的落脚点都不是电影，而是生活。在要给所有的师友致谢时，还得谢谢书枝和麦子，帮助我编辑出版了这本书。这些年因为太偷懒，没有做作业，我都不好意思回母校见师长，这本书出版了，我就可以把作业交给颜老师和孙老师了！

  最后要谢谢阿波。因为你的爱和你的诗。

七七

2014年5月于杭州